摸布想自己賺罐罐

Mobu's Diary

Dawning Crow
黑山的烏鴉原創故事集

KATHY LAM

CONTENTS

ROOF!
要登場了…!

PROLOGUE

我的名字叫摸布，
今年三歲。
是一隻三色貓，女生。
最喜歡吃雞肉絲。
不愛撒嬌。
我回來了!!摸布!!

不愛被摸。
容易緊張和嚇到。
咚
偶爾也有勇敢的一面。
哇
喜歡藍色。
END

摸布的一天

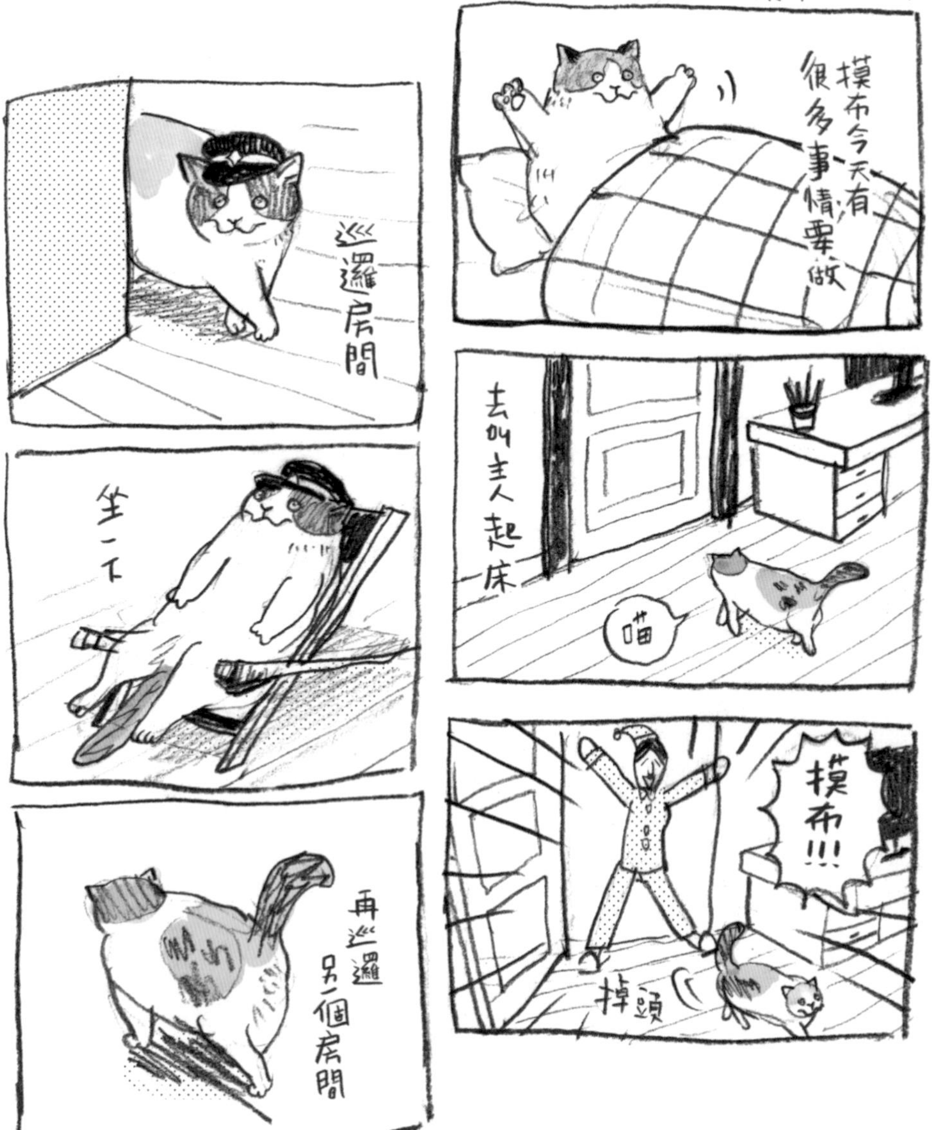
摸布今天有很多事情要做
去叫主人起床
喵
摸布!!!
掉頭
巡邏房間
坐一下
再巡邏另一個房間

吃飯
監督主人打掃
睡覺
我要洗手誒
END

我的名字叫傑克，
男生混色貓，今年四歲。
ROOF!
因為主人出差中，
我去鄰居的摸布家暫住。

哎呀傑克來了，請進！
我已經來過這裡好幾次，
對這間屋子很熟了。
這裡是我的度假村，
有人陪還可以撒嬌。
主人不給我吃零食，但在這裡我可以得到很多小魚乾。

太爽了。
可是唯一……

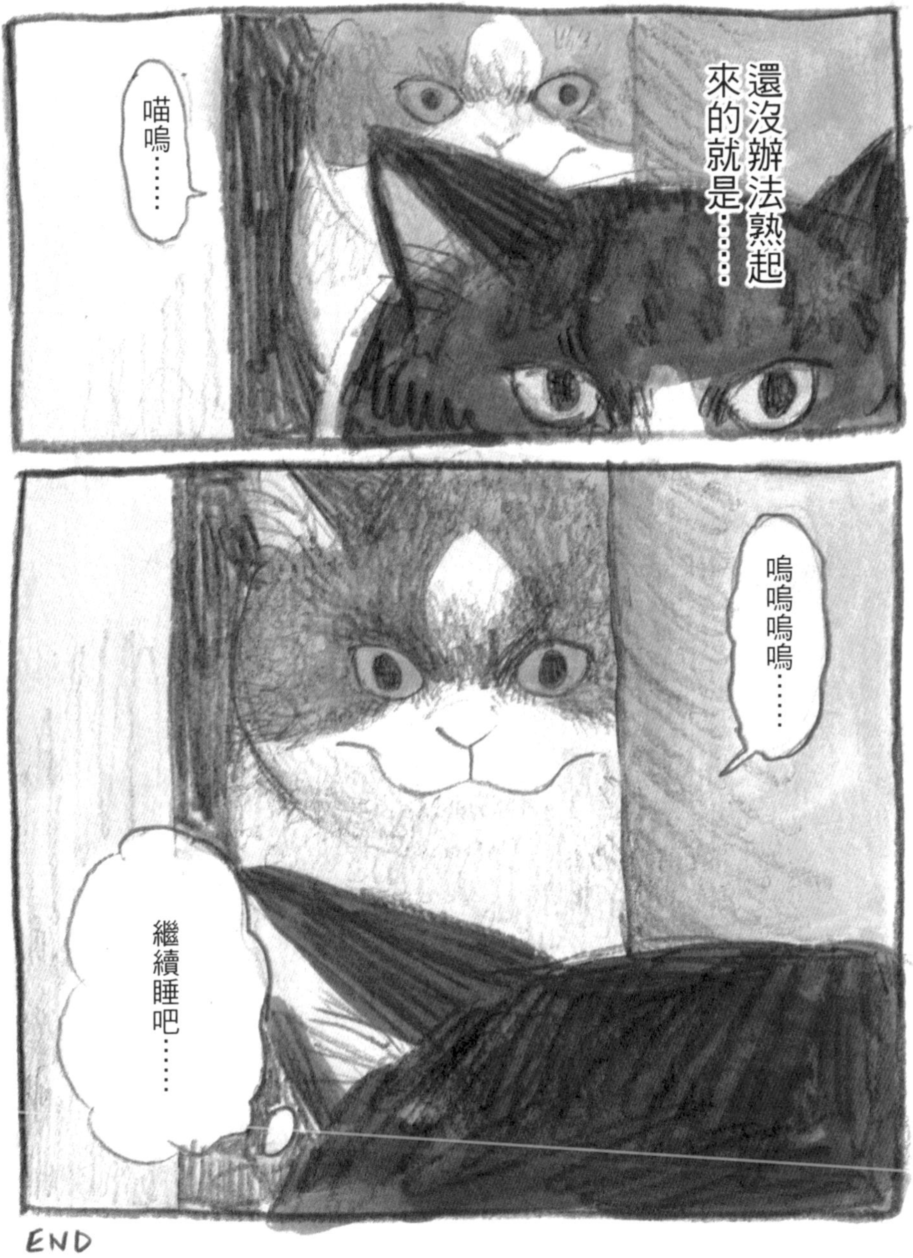

END

MOBU JUMP

100%
WOW!
GOOD JOB!
END

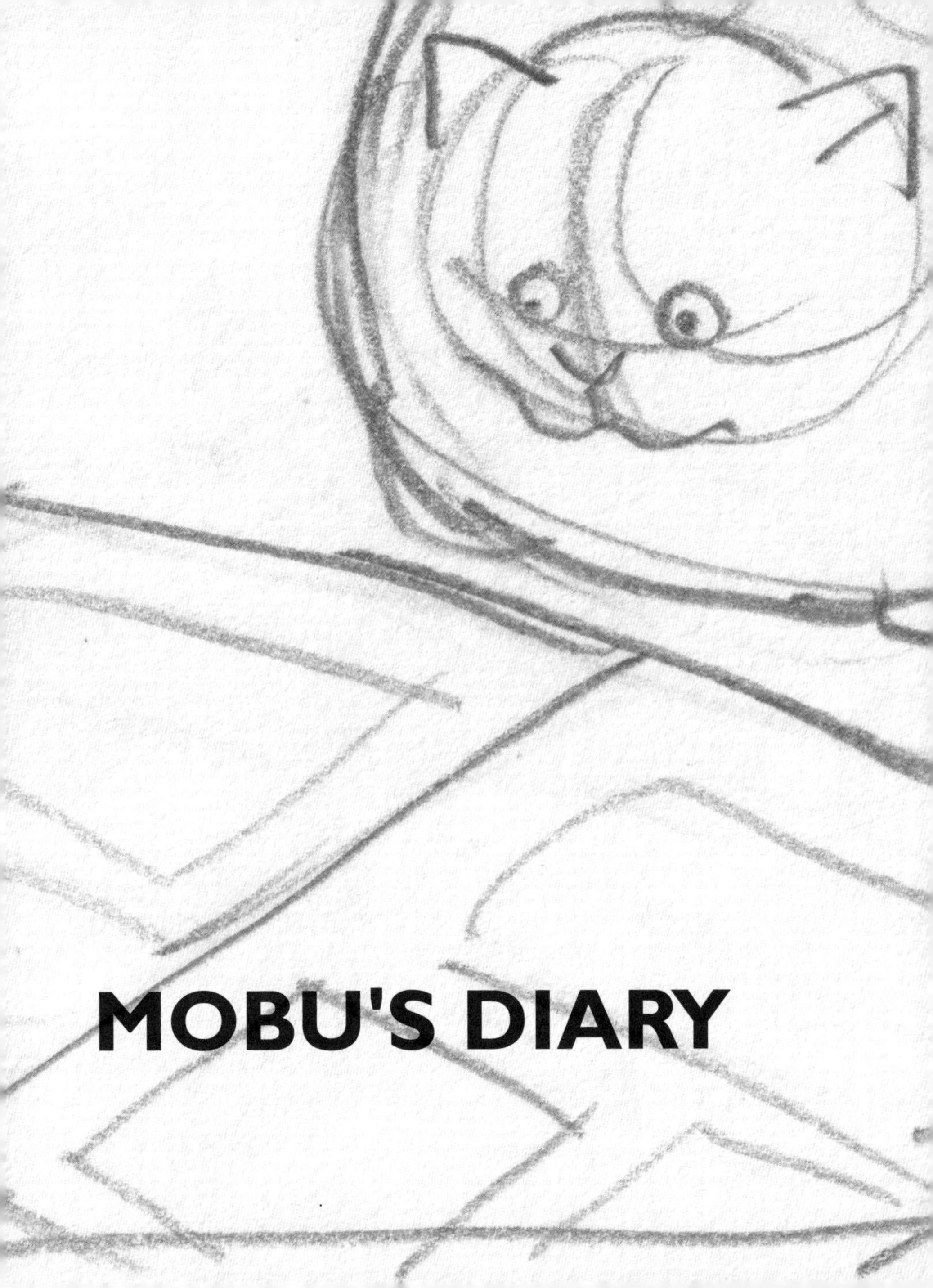

MOBU'S DIARY

摸布想自己賺罐罐

主人每天寵愛我，
不愁吃穿。
摸布～～
我買了
新床給你
摸布
吃飯囉
摸布不想再嬌生慣養了。

我要成為……
自力更生的小貓咪！
摸布……！
要自己賺罐罐!!
首先，要去跟主人講。

喵
怎麼了摸布？
喵喵喵！
噢～～!!
你想出去打工!?!

嗚嗚嗚——
摸布，我哪裡給得你不夠嗎?!
外面很危險很辛苦的!!
原來如此，你想試試自己努力呀。

好吧，
既然是你想做的事，我也會支持你的。
喵。
剛好我昨天拿到這本，
你可以參考一下。
TAKE FREE
ANIMALS WORKS
CATs JOBs
『大量貓咪打工』
WELCOME
新人!!
貓店長的經營之道

太好了，
主人答應了！
CAT's
來看看
有什麼工作……

貓咪
瑜伽教練
YOGA TEACHER
工作內容:
帶領人類小組
做瑜伽,需瑜伽
經驗
待遇:每節頂級 ×2
(每節1小時,有專車接送上下班)
時間:面談
MEOW YOGA 3331 3331
www.myoo.net
陪伴員
向日葵養老院
工作內容:
陪伴長者
×××× ××××
MORE
JOBS
ON
www.catjobs.net
CHAT CHAT CAT CAFE
CAFE STAFF
工作內容:待在咖啡店空間
陪伴客人
待遇:2小時 ×1
無需經驗,提供午餐
和點心,可午睡
歡迎活潑喜愛人類的貓咪加入!
TIME: 11:00AM~18:00PM

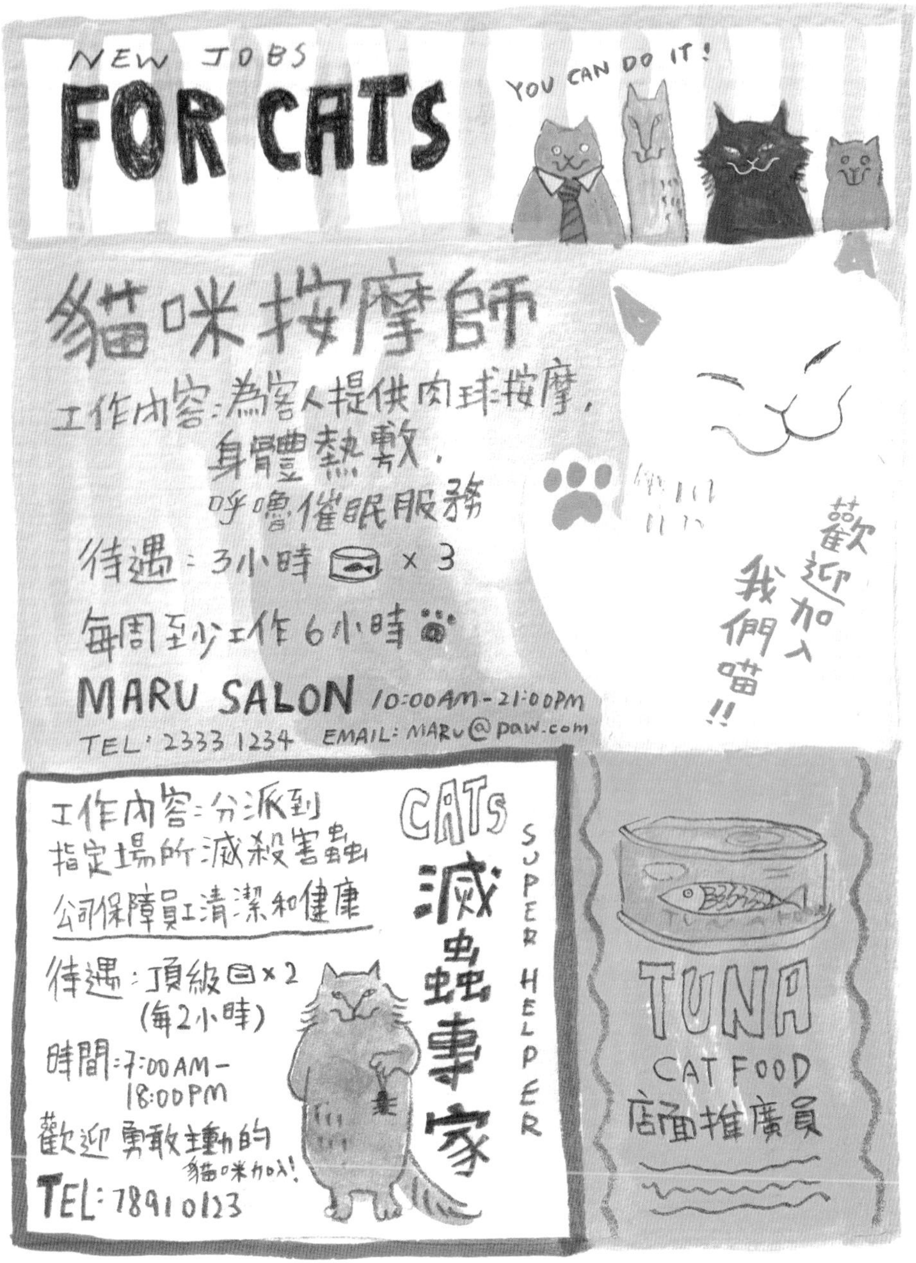
NEW JOBS
FOR CATS
YOU CAN DO IT!
貓咪按摩師
工作內容：為客人提供肉球按摩，
身體熱敷，
呼嚕催眠服務
待遇：3小時 × 3
每周至少工作6小時
MARU SALON 10:00AM-21:00PM
TEL: 2333 1234 EMAIL: MARU@paw.com
歡迎加入我們喵!!
工作內容：分派到
指定場所滅殺害蟲
公司保障員工清潔和健康
待遇：頂級 ×2
(每2小時)
時間：7:00AM-
18:00PM
歡迎勇敢主動的
貓咪加入!
TEL: 78910123
CATS
滅蟲專家
SUPER HELPER
TUNA
CAT FOOD
店面推廣員

2小時
提供午餐
可午睡
CHAT CHAT
CAFE
決定了！
摸布要去貓咪咖啡廳打工！

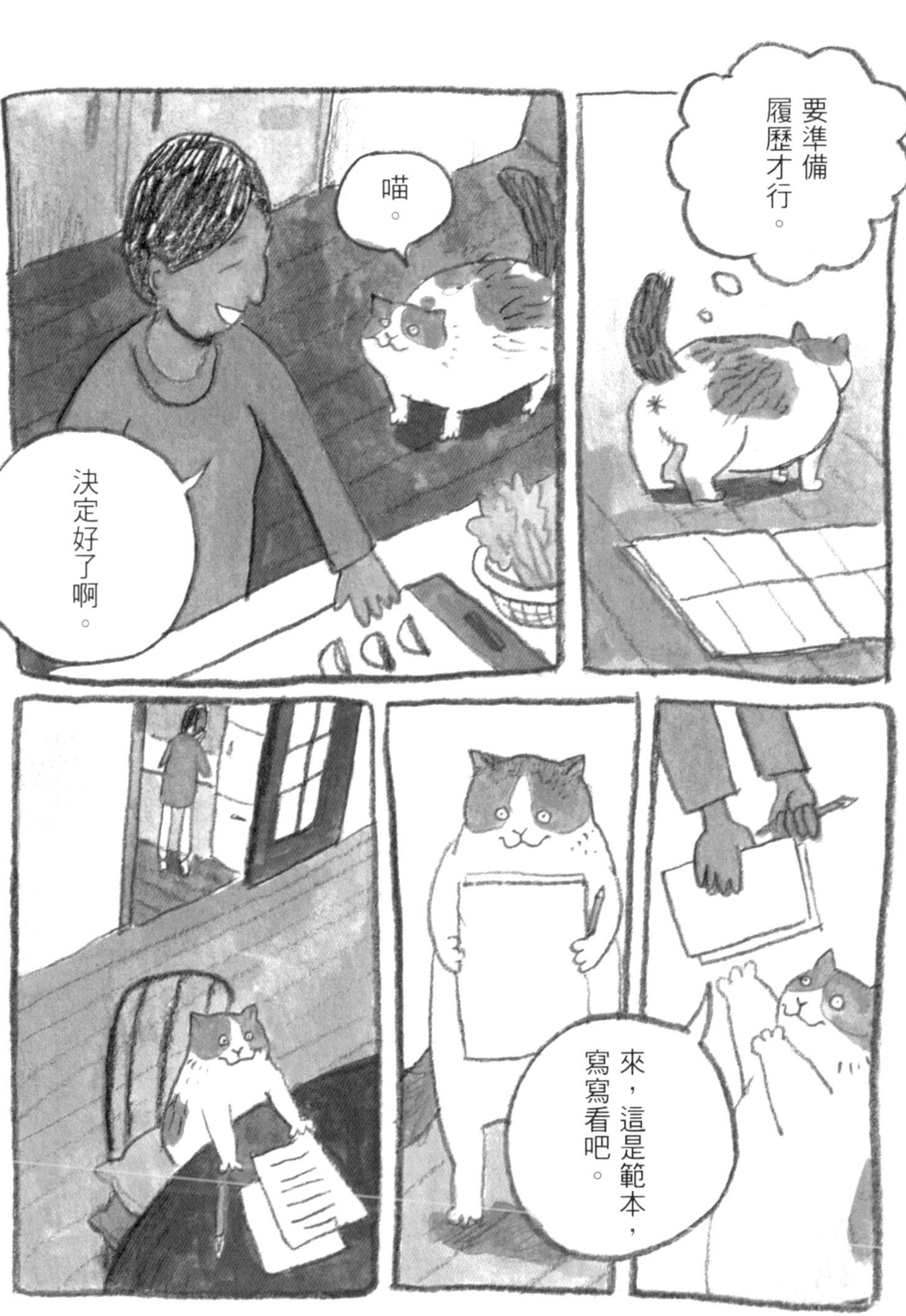
要準備履歷才行。
喵。
決定好了啊。
來，這是範本，寫寫看吧。

名字叫摸布，
是三色貓，
女生，三歲。
毛色是灰色、白色
加咖啡色，
有可愛的臉蛋，
粉紅色肉球……
要求待遇：
3個罐罐
如何？寫好了嗎？
喵嗯。
喵，
好，我幫你看看。

TO BE CONTINUED

摸布面試了

不知道會不會成功？
摸布，
有完美的粉紅色肉球，所以不會有問題的！
久等了兩位小貓咪。
可以進來了。

ROOF！
喵。
我是麗莎，CHATCHAT咖啡廳的老闆。
謝謝你們來面試。
真可愛！
欸，你怎麼在這裡？
下去、下去！

抱歉抱歉，這裡的小貓都會亂跑。那麼先請摸布自我介紹吧！只要輕鬆聊聊天就好，不要緊張。
喵波波波波，喵……喵！（摸摸摸摸布今年三歲，是三色貓……有粉紅色肉球！）
喵喵，喵！（因為想自己賺罐罐，所以來打工！）
很好！那接下來換傑克。
ROOF！

喵喵～
喵～
原來傑克是順便一起來的呀！兩位面談下來都沒有問題。
但有些事情要請小貓咪先確認喲。
在貓咪咖啡廳工作，要時常面對人類，
個性活潑、喜歡親近人類的貓咪才會比較輕鬆。喜歡在夜晚活動的你們白天要面對客人，睡覺時間也會減少。
這些你們都OK嗎？

摸布……
嗚嗚嗚……
其實很害羞。
……

不喜歡人群，
又很喜歡睡午睡……

可是摸布想……
自己努力……！
當然我們店裡也是貓咪至上！貓咪們都是店裡重要的小明星，
工作期間都給予貓咪自主權，不用太過分勉強自己。
喵！
太好了！
喵！

這裡有一張表格，
請填寫自己的喜好，讓我了解你們，也能保障大家的安全。
樂意給客人摸的部位
頭□
脖子□
背□
尾巴□
屁□
下巴□
肚□

摸布……
全部都不喜歡……

頭
頭摸一下下還可以。
摸你可愛可愛~~
不要弄我!!
填好就交給我吧。
喵!
喵!

OK，
基本上你們都錄取了！
接下來我會通知你們主人，來安排排班時間。
!!!
!!
回家路上
為什麼你那麼隨便也能過？
面試成功。
我可是除了肚肚三百六十度都能摸的傑克。
TO BE CONTINUED

CATS
COOKIE BOX

摸布第一天上班

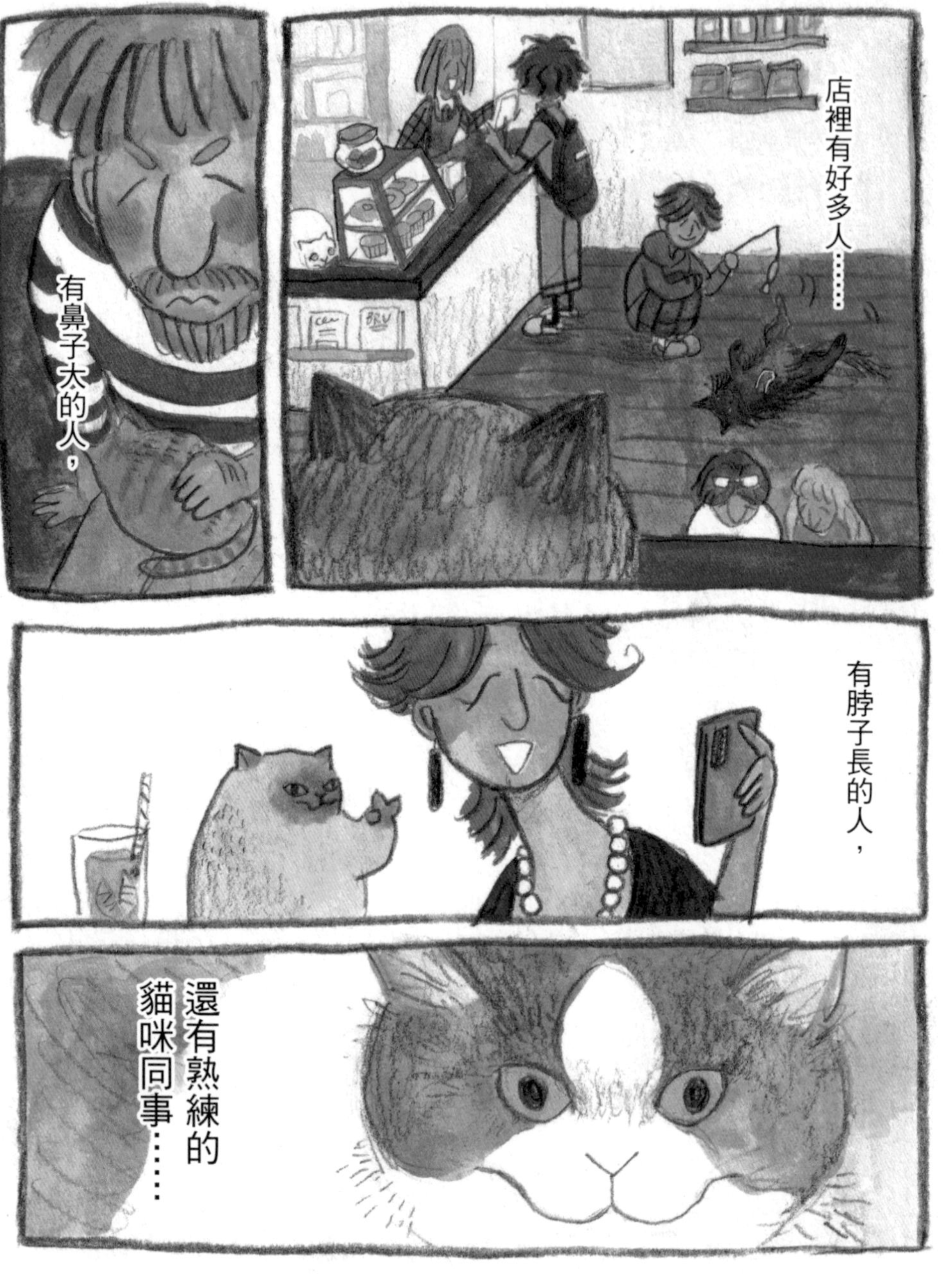
有鼻子大的人，
店裡有好多人……
有脖子長的人，
還有熟練的
貓咪同事……

毛太太，歡迎光臨！
哎呀！那隻是新的小貓咪嗎？
對呀，他叫摸布，每週會來打工三天，今天第一天上班，可能還有一點害羞。
好可愛，好像麻糬。
T CHAT
T CAFE

今天早會時
今天有兩位新的小貓咪摸布和傑克，會開始來上班，
大家要好好互相關照，那麼接下大家各自打個招呼吧！
喵！
喵。
喵！
喵波。
ROOF！

摸布開完早會，
就一直坐在這裡。
好緊張……！
傑克好快就融入這裡，
已經開始討吃的了。
NO NO
摸布也不能偷懶，
要努力一下……

可是該怎麼做？
問問貓前輩！
請問……
我第一天上班好緊張，要怎樣幫忙才好？
那麼努力幹什麼？

老子才不要取悅人類，才不要move呢。
反正在上面睡一整天，也有飯吃，
你只要記住，
貓睡覺的樣子，也是在療癒人類呀~~~
摸布……第一天就遇到這樣子的同事。

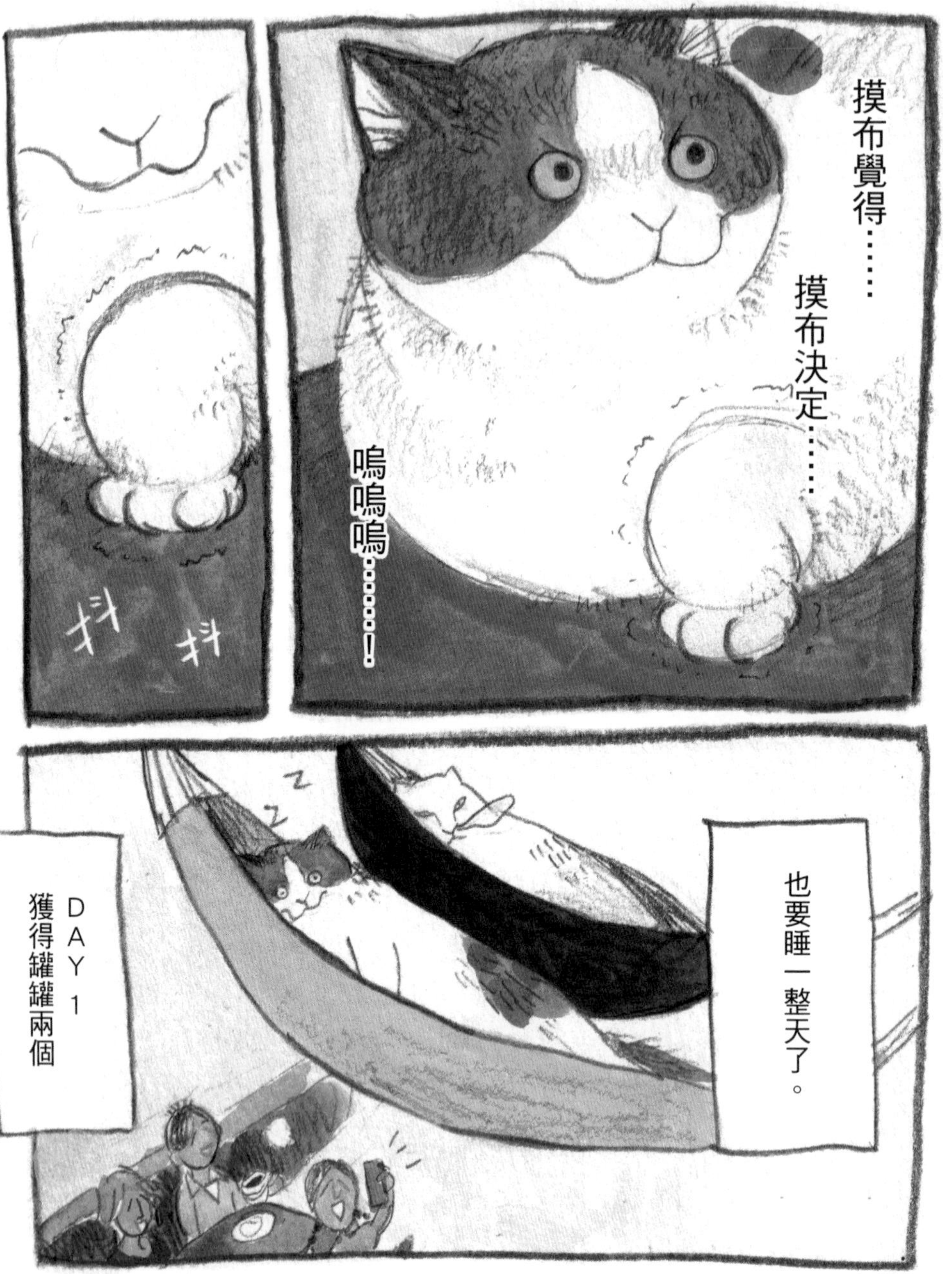
摸布覺得……
摸布決定……
嗚嗚嗚……！
抖
抖
也要睡一整天了。
DAY 1
獲得罐罐兩個

TO BE CONTINUED

SUNNY DAY
GARDEN
CART RIDE

摸布想要幫忙

REST ROOM
喵
喵
早啊！
JACKIE
MOBU
ER
喵！
先去貓咪休息室
把包包放好。
喵

然後就要工作了。
摸布已經自己
賺到了五個罐罐……!
摸布好棒!
CHICKEN
TUNA
CHICKEN
TUNA

今天也要……

NEW CAT BREAD
……

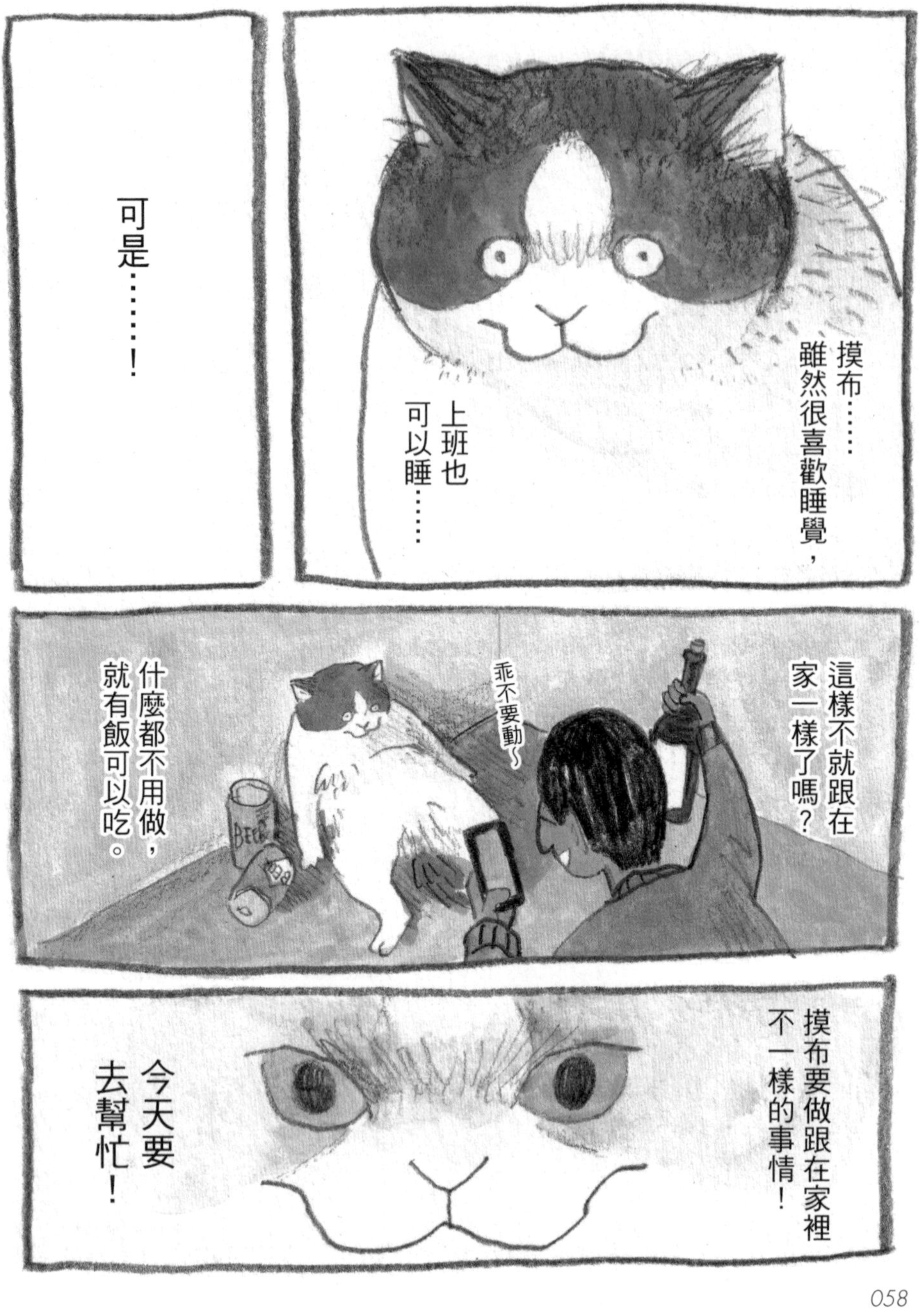
摸布……
雖然很喜歡睡覺，
上班也
可以睡……
可是……！
這樣不就跟在
家一樣了嗎？
乖不要動～
什麼都不用做，
就有飯可以吃。
摸布要做跟在家裡
不一樣的事情！
今天要
去幫忙！

可是還是好害怕！
喵嗚……

這一桌有貓，
那一桌也有貓。
又開始想睡覺了……

請問是一位嗎？
是的
有新客人來了！

你的貓咪泡泡
摩卡來了。
謝謝。

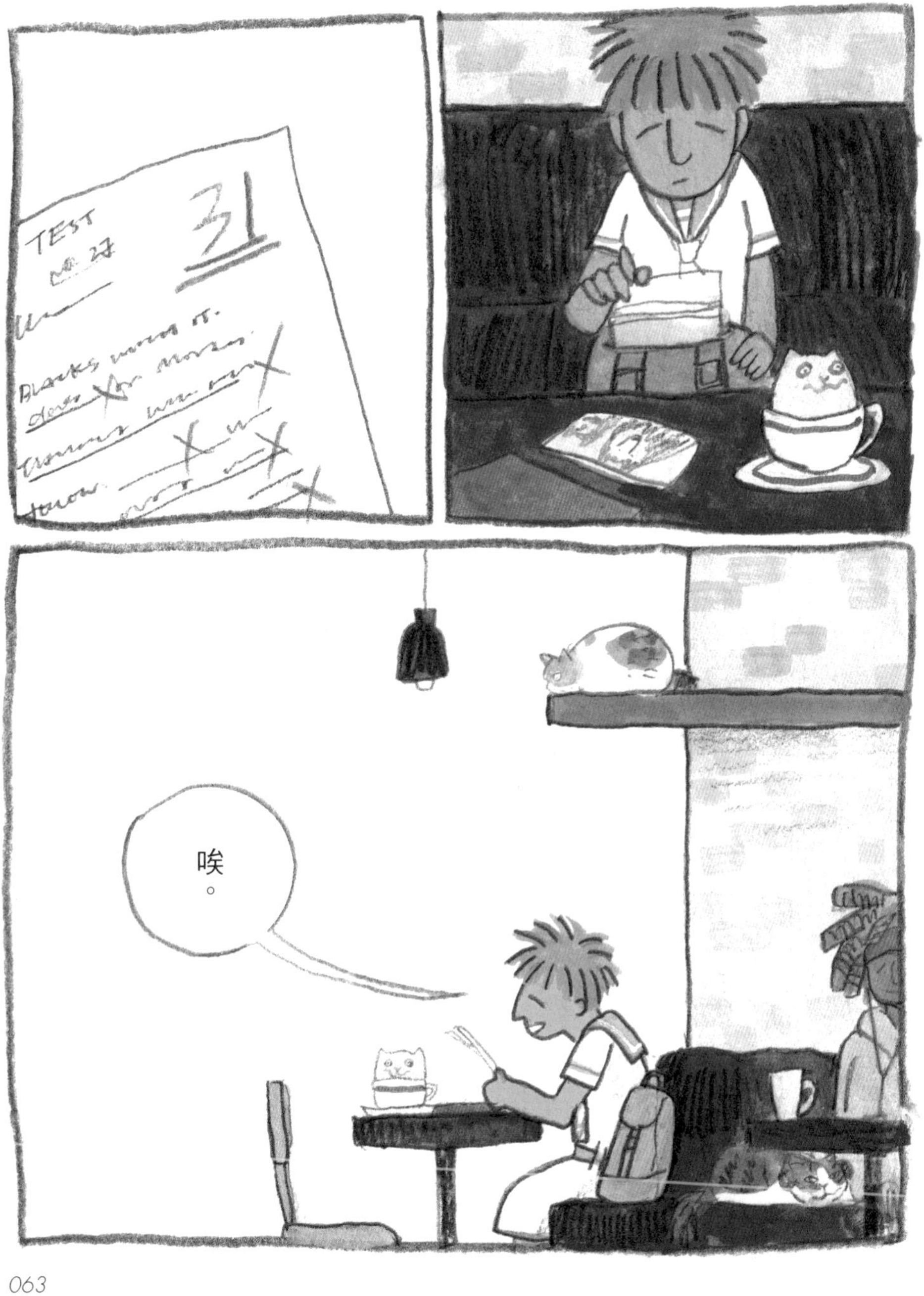
TEST
31
唉。

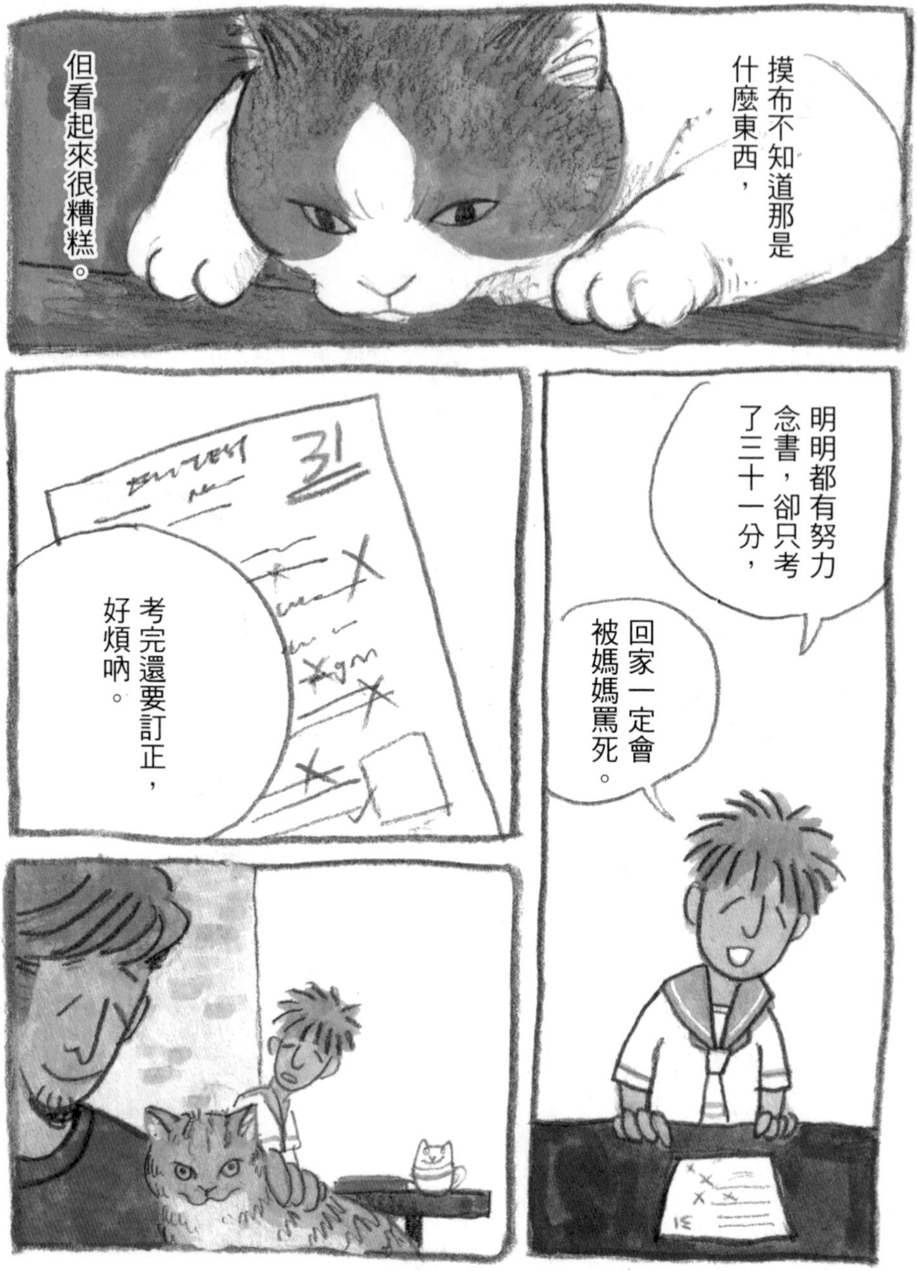
摸布不知道那是什麼東西，
但看起來很糟糕。
明明都有努力念書，卻只考了三十一分，
回家一定會被媽媽罵死。
考完還要訂正，好煩吶。

都沒有貓咪來
我這邊……
考試不及格回
家又要被罵……
嗚嗚……
摸布……
可以登場了……
可是
不敢下去!!
抖
抖
抖

算了……
還是快點做作業吧。
是……
藍色球球！

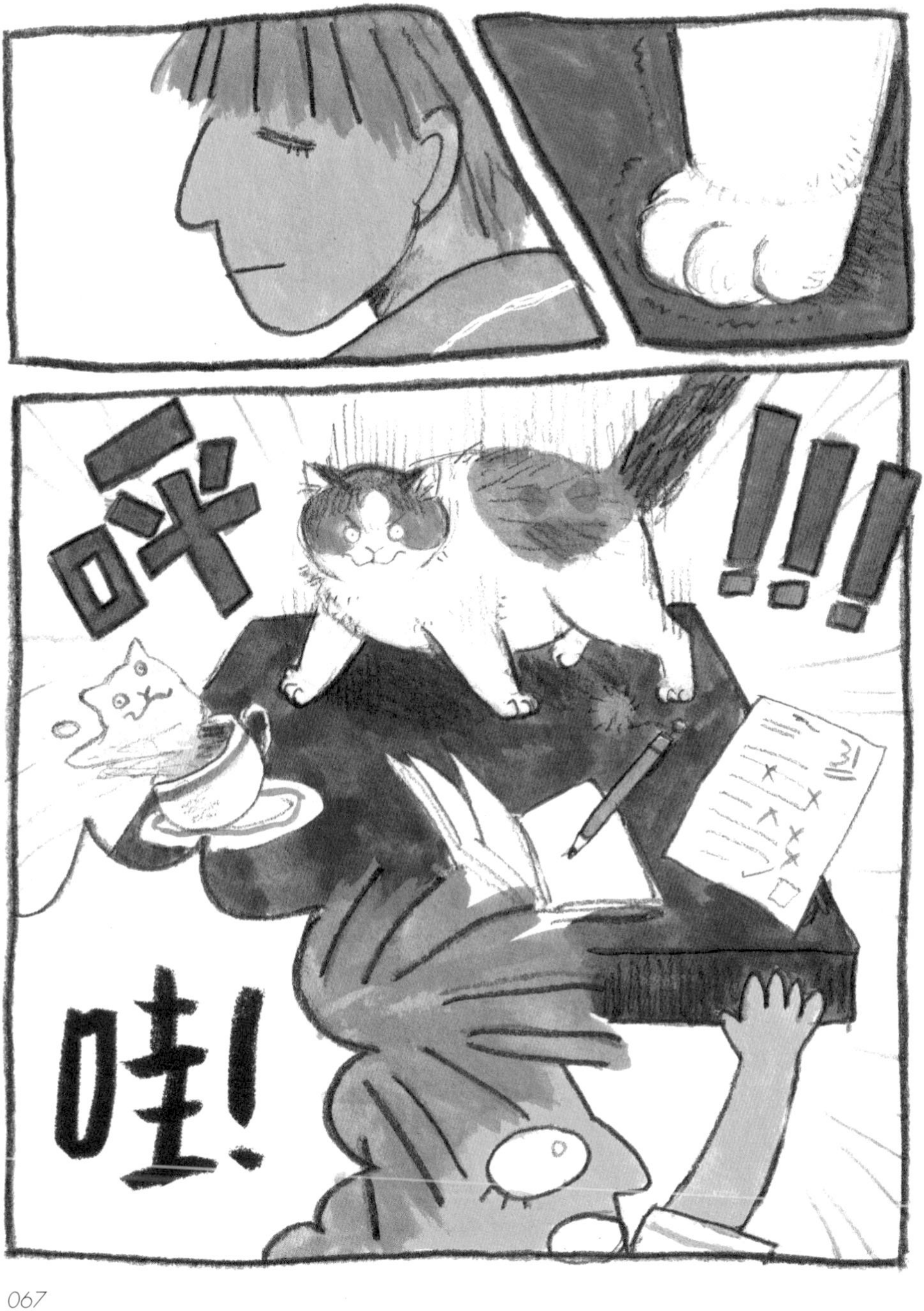
呼!!!
哇!

踢
踢
踢
踢
踢
原來你喜歡球球啊？
哎呀，摸布終於肯下來了。
他是前幾天新來的，還很害羞不敢接觸人呢。

你是第一個讓他下來的喔。
真的嗎？
他只喜歡摸頭，可以摸摸喔。
摸布……

不知道自己做了什麼，
不過好像……
有幫到忙了！
好軟喔！

TO BE CONTINUED

MOBU'S COFFEE BEAN

摸布貓屎咖啡大受歡迎，
一小時後完售，也從此絕版。
因為壓力太大，便秘了。

摸布的粉絲

CHAT CHAT 來了新的——
OHHH!!
CHAT_CAFE
230 LIKES
CAFE 新來的打工小貓咪
摸布和傑克!
多指教!
貓咪!
我要去看他!!
又來了!你上星期不是去過了嗎?
跟這家不一樣!
你看看這隻三色貓,好圓!

CHAT CHAT
CAT CAFE
摸布這幾天，
終於比較敢下來了。
THE SHOP
THE CA
尤其喜歡坐在窗前，這裡的景色比家裡熱鬧很多。
對，你可以考慮看看我們的意外保險，很多好處……
哇
你沒事吧！

摸布也喜歡……
也多了些時間在地上走走。

在吧台看麗莎泡咖啡。
今天換你們來當監督員啦？
鈴鈴～
歡迎光臨！
請問是兩位嗎？
是的。
摸布在哪？
好的，進入前有一些注意事項要跟兩位講解一下喔。
在那!!

我的天呀!!太可愛了，好想趕快跟他拍照和擼貓！
接下來要麻煩消毒雙手，跟換上拖鞋。
喂，你要喝什麼？
MENU
出來了!!!
他在看著我！
喬治!!

過來這邊呀。
……
走開了！

!
又跑回轉角啦？
喵波!!

嗯……
太直接走過去會嚇到摸布，
得若無其事接近才行。
SON of LION.
LOSING CONTROL
那邊有個書架，
先假裝在那邊拿書……

要慢慢地……
HOW TO CONTROL YOUSELF
AMOZON BEST!! 10 BOOKS
喀
自然地……

喵波波波!!
波波波波波~~!!

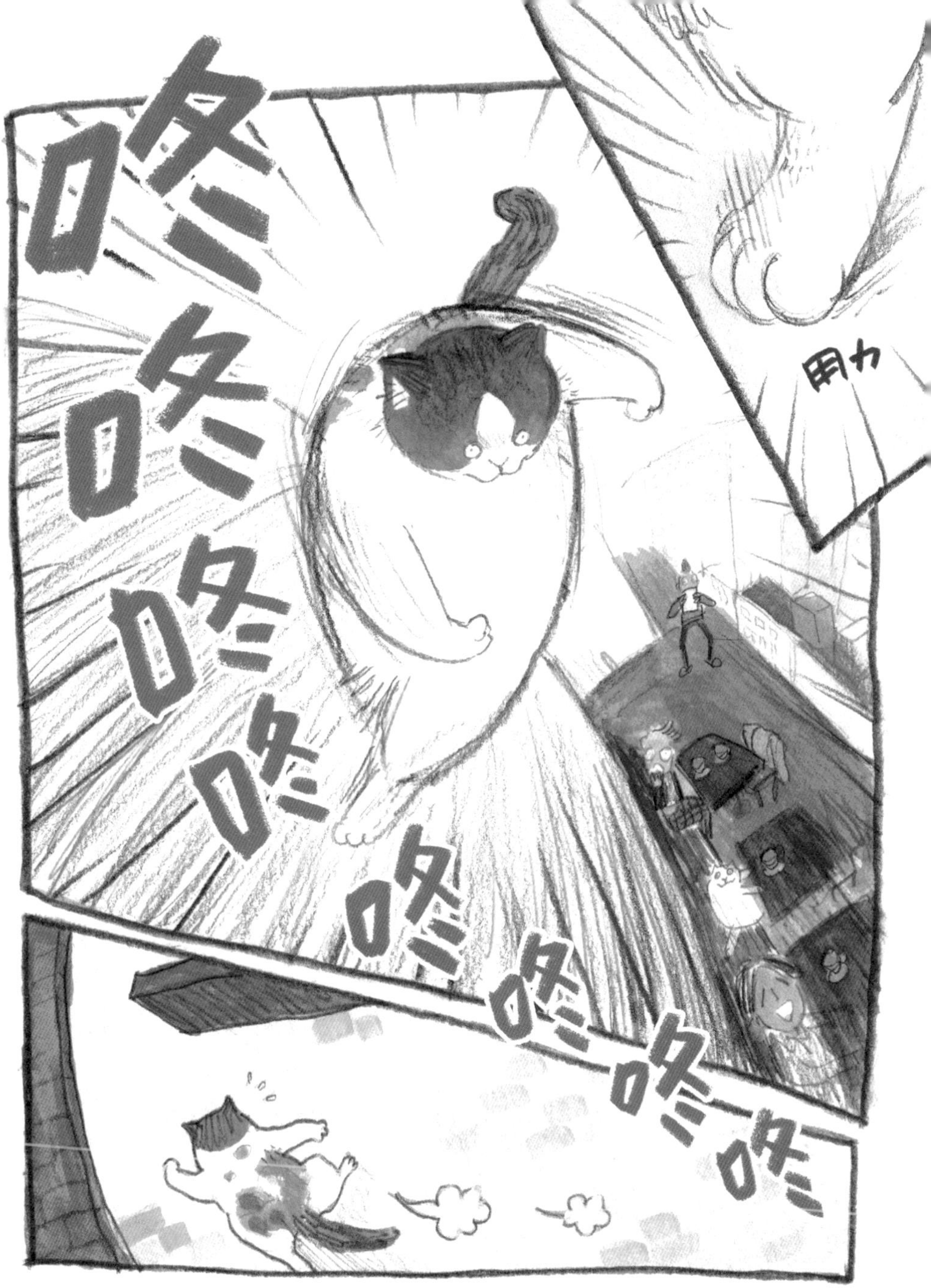
用力
咚咚咚咚咚咚咚咚

唉呀，摸布跑上去了，好失望喔。
都是你太急，嚇到他了吧。
我已經很輕地行動了。
不知道家裡的香腸能不能也在牆上跑？
今天還有機會碰到摸布嗎？好想再試一次。
你不要再過去了！等下會被老闆踢出店外！

摸布啊!!!
快把咖啡喝完回家!
歡迎光臨!
外面的咖啡店都滿了，真不好意思。
沒關係，我也喜歡貓咪。
那麼——
我想先上個廁所。
沒問題!
太好了，只要這個客人投保，
我就可以多收好幾萬的提成，說不定這個月業績第一，還可以拿到獎金!

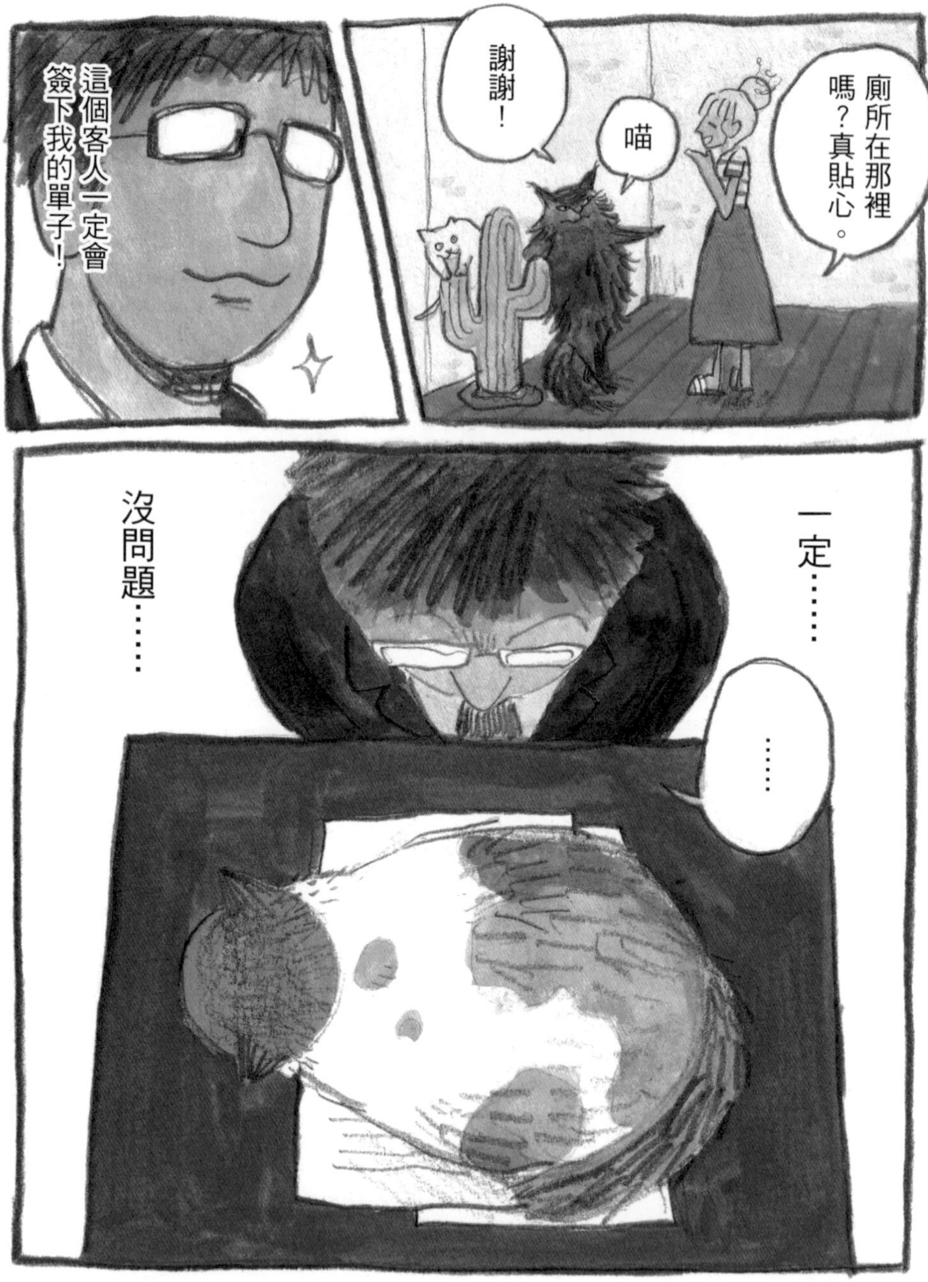
廁所在那裡嗎？真貼心。
喵
謝謝！
這個客人一定會簽下我的單子！
一定……
……
沒問題……

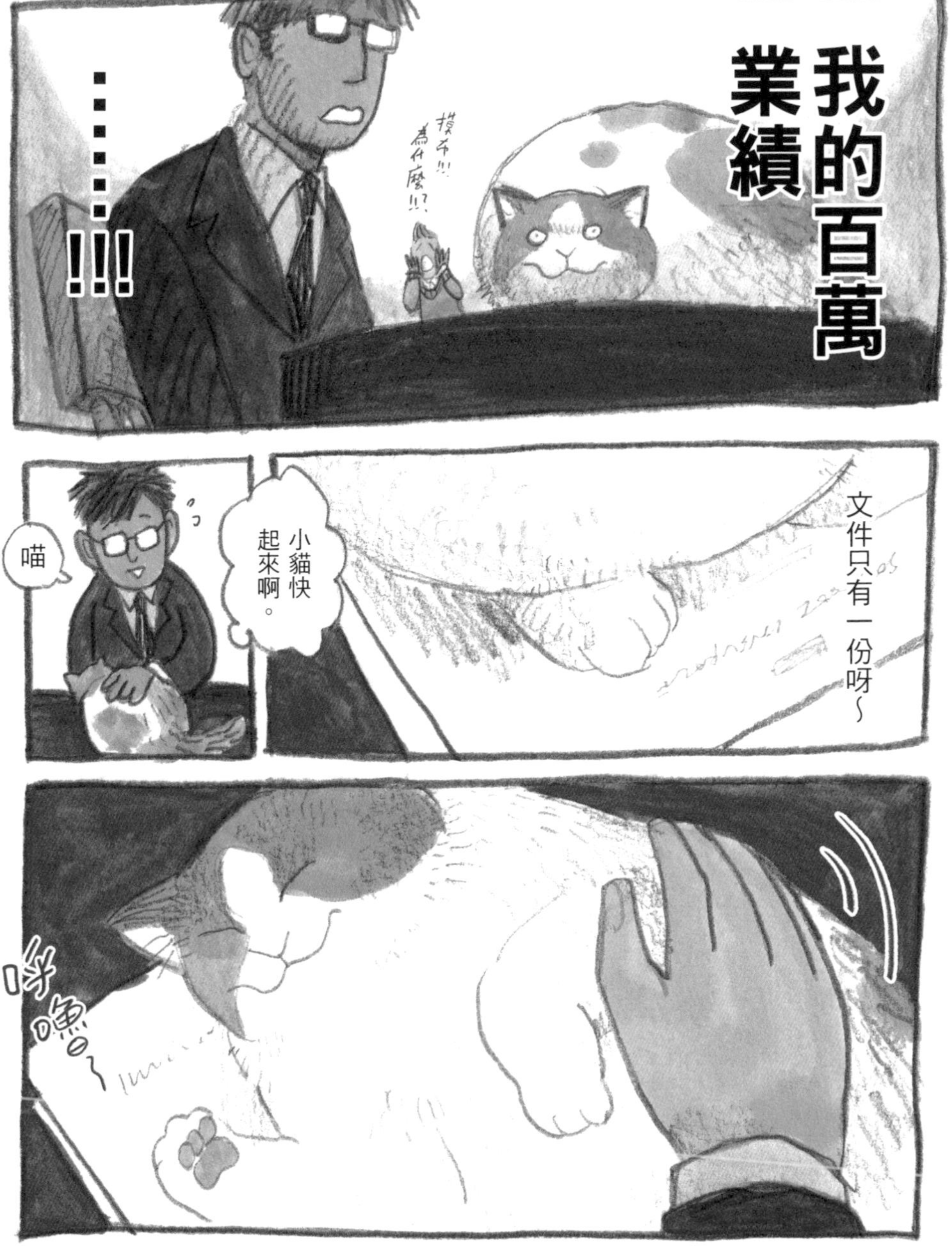
我的百萬業績
……!!!
為什麼!!?
文件只有一份呀～
小貓快起來啊。
喵
呼嚕～

睡得更熟了!!!
我好了，接下來要填什麼呢？
艾瑪小姐，請等我一下！小貓壓著文件，我請店員幫忙移開貓。
嗚嗚摸布!!我要過去！
夠了啦！你過去摸布一定會逃走，回家帶香腸去散步!!
哎呀哈哈沒問題。
鈴鈴~
喂？好的，我馬上過去。
抱歉，突然有急事，下次再簽吧！
啊，等等，
很快就好了，五分鐘！

艾瑪小姐，等等呀！
艾瑪小姐!!
摸布今天也幫到忙了。
T CHAT
TO BE CONTINUED

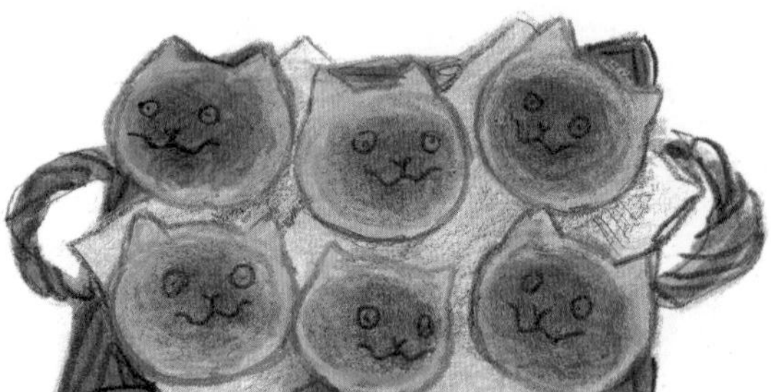

番外篇 摸布想當網紅

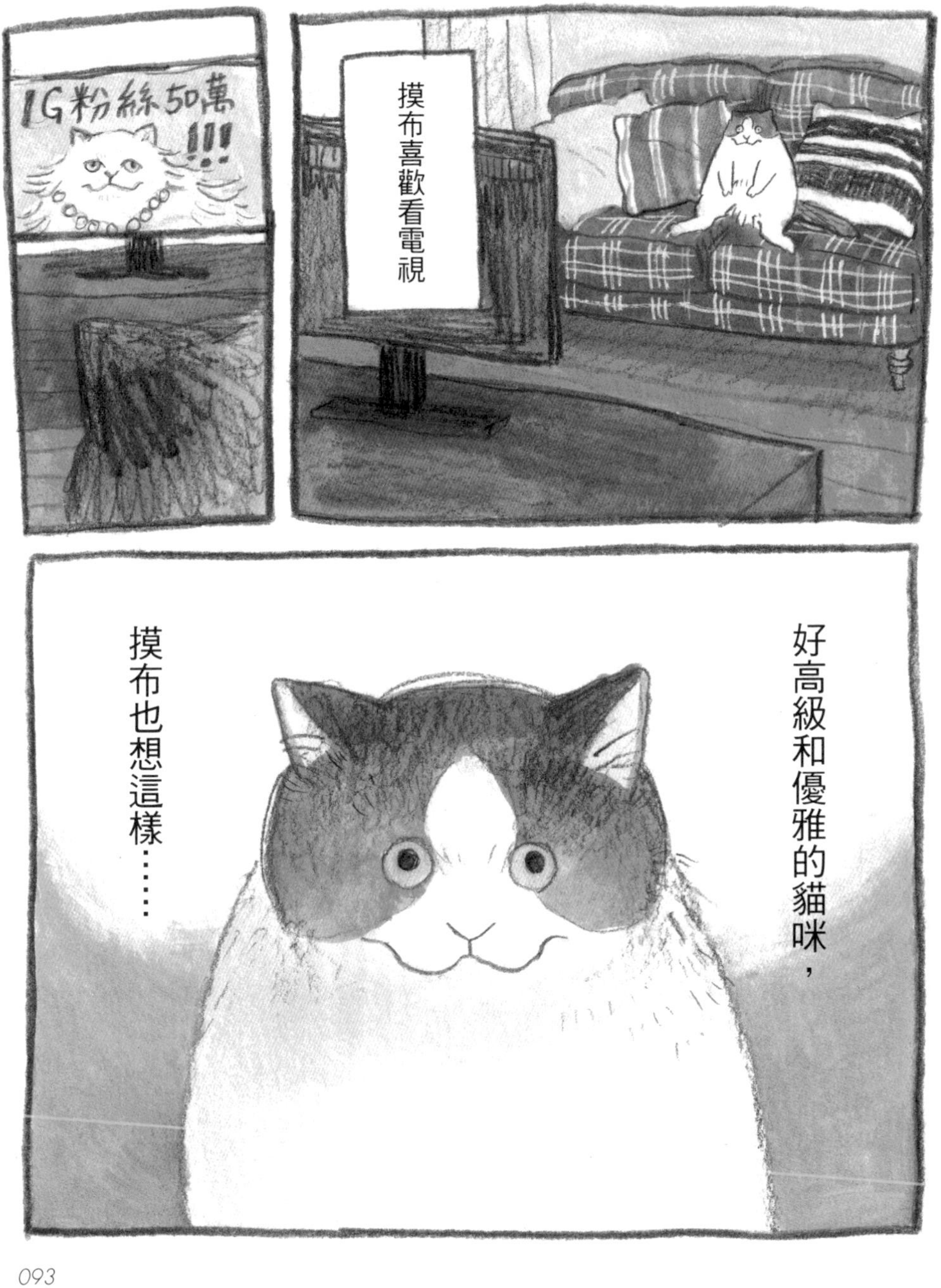

IG粉絲50萬!!!
摸布喜歡看電視
好高級和優雅的貓咪，
摸布也想這樣……

用水晶碗吃飯，
每天都能收到不同的貓食和玩具。
KING STYLE
KING STYLE
QUEEN
摸布要去跟主人講……！
喵喵喵。
什麼？你想開IG當網紅？

喵嗯！
我早就幫你開了啊，
mobu_diary
12貼文
105位粉絲
MOBU
FOLLOW
放了很多可愛的照片呢。

70 LIKES
抱着馬桶不讓主人上廁所
98 LIKES
吃完藥藥的模樣
CRIED UNDER MY BED
63 LIKES
躺在地板沒人要
60 LIKES
今天的便便也很健康！

59 LIKES
吃到滿地都是
20小時前
你看，已經有一百零五個粉絲囉！
?
喵嗚嗚嗚嗚嗚！
END

摸布，
喜歡貓抓板。
非常紓壓。

抓到柱子上的黑毛……好長……
是誰的毛呢？
?
……

是……
大黑貓前輩！

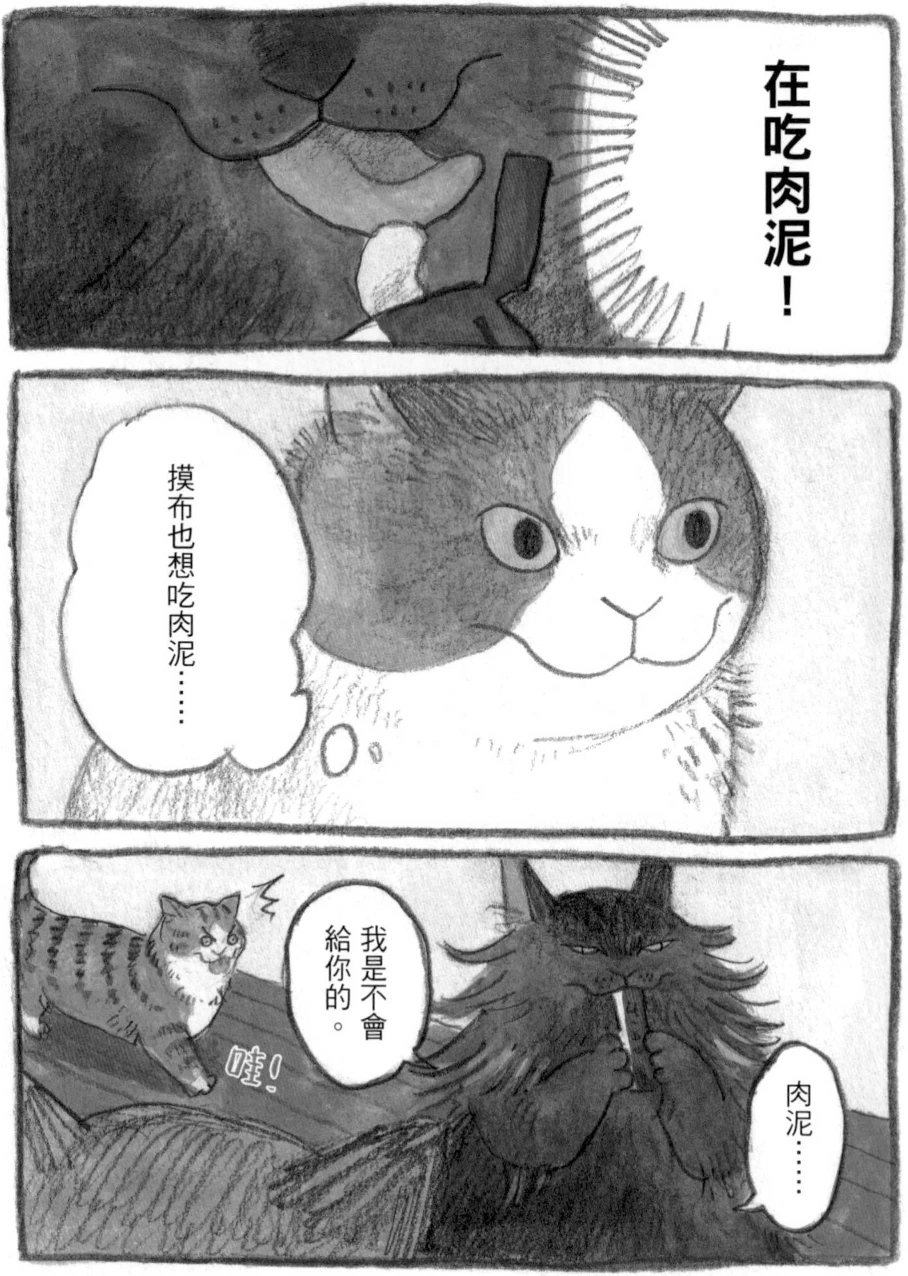
在吃肉泥！
摸布也想吃肉泥……
肉泥……
我是不會給你的。
哇！

太過分了，羅洛也要吃！給我！
摸布回家要叫主人給……
吸吸
吃完了。
對了，剛才那些黑毛，
原來是大黑貓前輩的毛！

毛好長，
真漂亮……
這仙人掌
也太小了。
摸布每次上班
都太緊張，忘
了同事叫什麼
名字……
弗蘭茲，
記得囉，
小貓咪～

TO BE CONTINUED

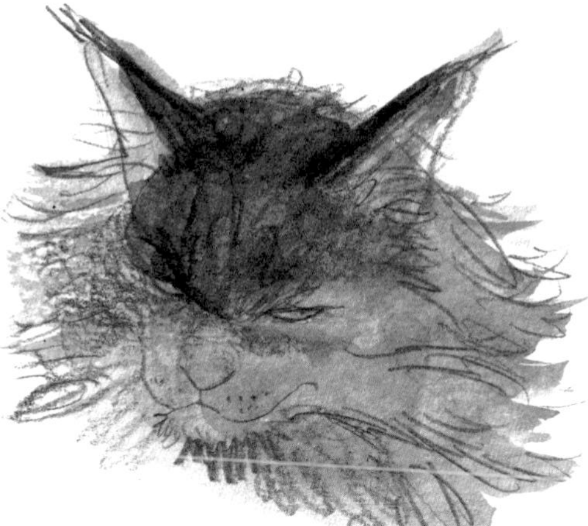

煩死了喵

為什麼啊……
打發時間。
比如說，
看看那些奇怪的人類。

再過一星期就會做好了啦。
REST ROOM
工作做不完就說自己是處女座，所以要求高，
全部都要怪星座囉？
哼哼哼
我才他媽的不想知道你什麼星座，
我只要你準時把貨交出來……
他對面的女生臉上就是這麼寫的。
那麼遠也看得到?!
哼～

那坐在最裡面
的情侶呢？
這桌又更遠了。
那兩人啊……
……

之後會分手。
喵嚇？
人類的腳很誠實，如果很親密腳就會互相靠近，
可惜女生剛才迴避了男生的腳部接觸。
女孩也一直在看手機，感覺不想聽對方講話。
如果不愛了，就該說出來。

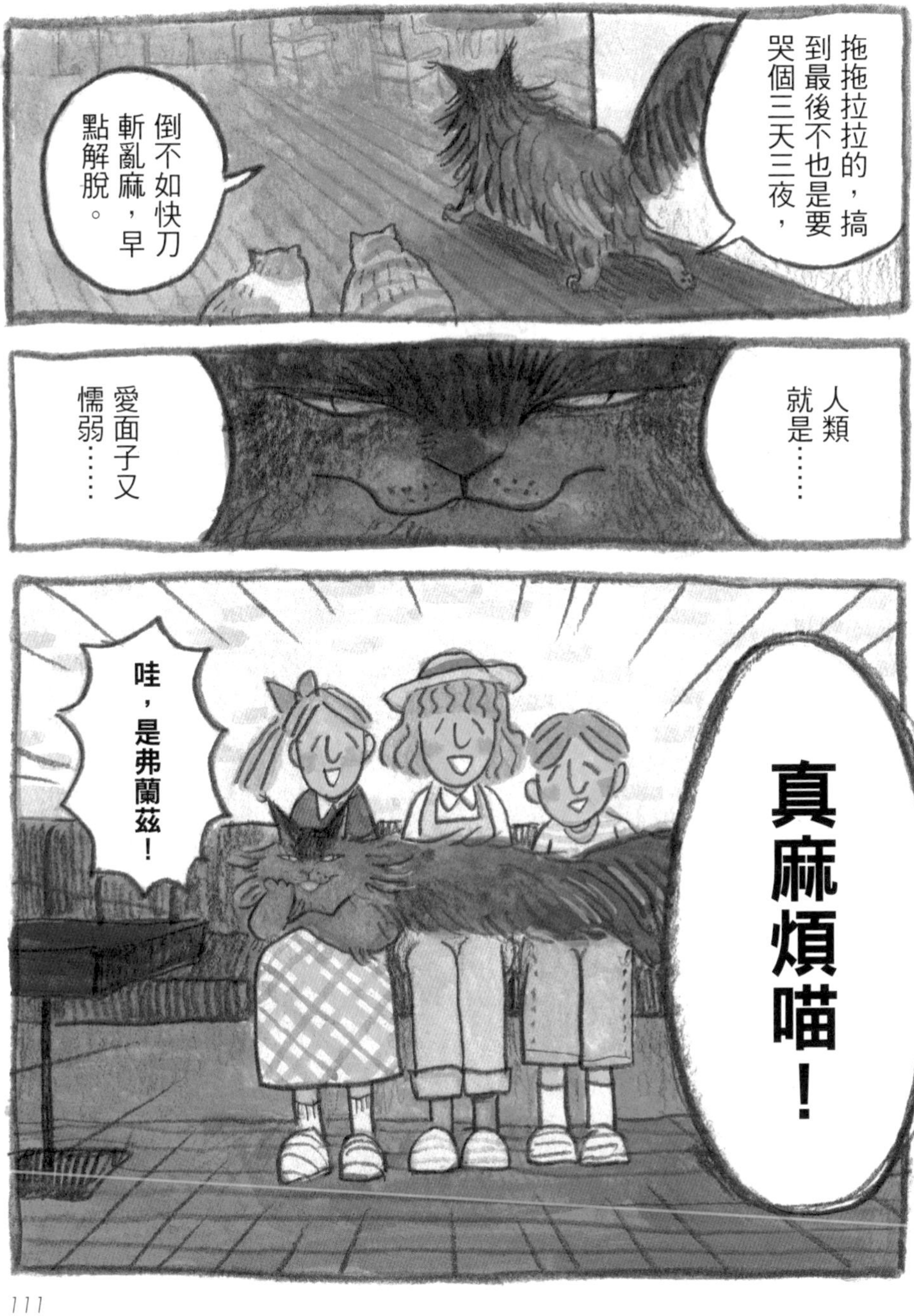
拖拖拉拉的，搞到最後不也是要哭個三天三夜，
倒不如快刀斬亂麻，早點解脫。
人類就是……
愛面子又懦弱……
真麻煩喵！
哇，是弗蘭茲！

TO BE CONTINUED

天呀，還有幾箱餅乾沒賣出去！
賣不掉的話下個月就過期了。
歡迎光臨！

麻煩外帶一杯熱摩卡。
好的！
要不要參考看看我們的餅乾——
喔不……
用……
？

哇，
好大隻的貓咪，太可愛了！
他是一隻很黏人的大貓咪。
喵～
我們現在餅乾有買一送一喔，要不要考慮看看？
嗯……

喵～（買呀姊姊～）
喵喵～（姊姊買呀～）
我好像聽到他在呼喚我……

買呀～～
姊姊買呀～～～
那我要一盒。
好的，謝謝惠顧！
拜拜～
下次再來看你
喵！

我要兩杯熱美式，外帶。
餅乾現在有買一送一，有興趣嗎？
不——
CURRY

是緬因貓！
這附近不常見耶，
太帥了吧。
喵喵～
（買呀～）
買呀，大叔～
買呀～～～

那我買兩盒。
謝謝您！
喵，喵喵！
我買一盒！
喵——
三盒，Thx！
太好了，
餅乾都賣完啦！

真是太感謝你幫忙了，弗蘭茲！
啦啦啦啦啦～

YEAH
摸布聽不太懂前輩的話。
雖然前輩一直很嫌棄，但摸布知道他非常喜歡這份工作。
辛苦了，各位小貓咪！
ROOF!
還有人類。

END

ANIMAL FRIENDS

FRIENDLY LION

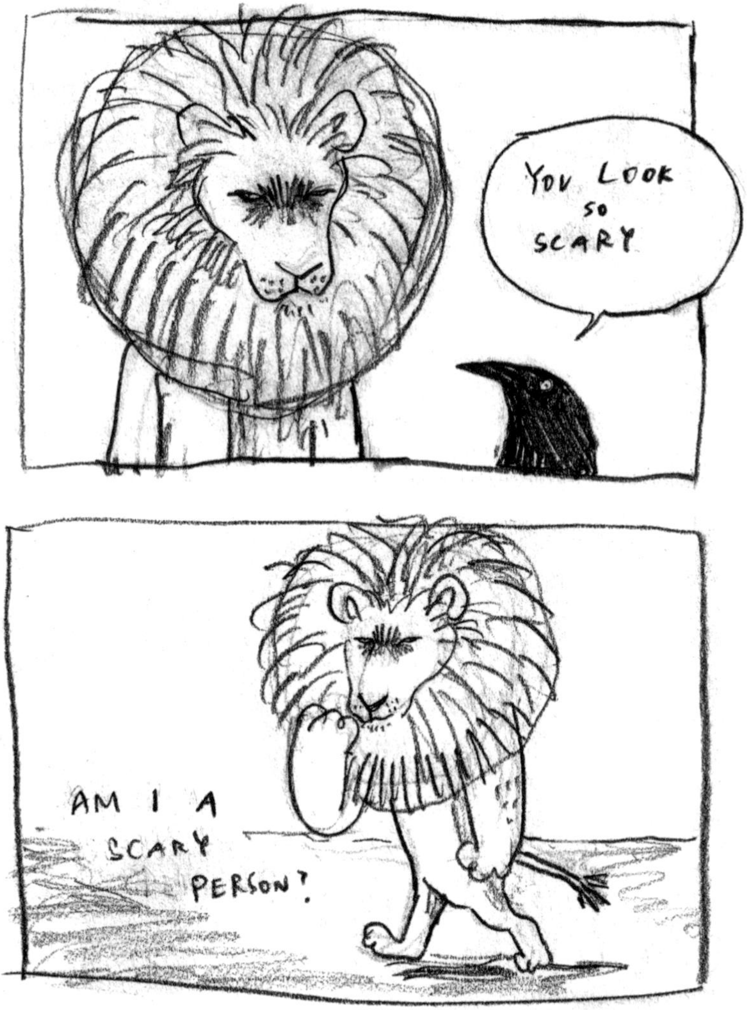
YOU LOOK SO SCARY
AM I A SCARY PERSON?

BARBER SHOP
WELCOME

HOW WOULD YOU LIKE YOUR HAIR DONE?
FRIENDLY STYLE

END

出差水豚的一天

鈴鈴～
喂，請問今天有需要打掃房間嗎？
要的，兩點半以後方便嗎？
房間已經三天沒有打掃了。
得出門，會讓別人来清潔。
也順便還看完的書，跟借新的書。
LIBRARY
OPEN
找到了。

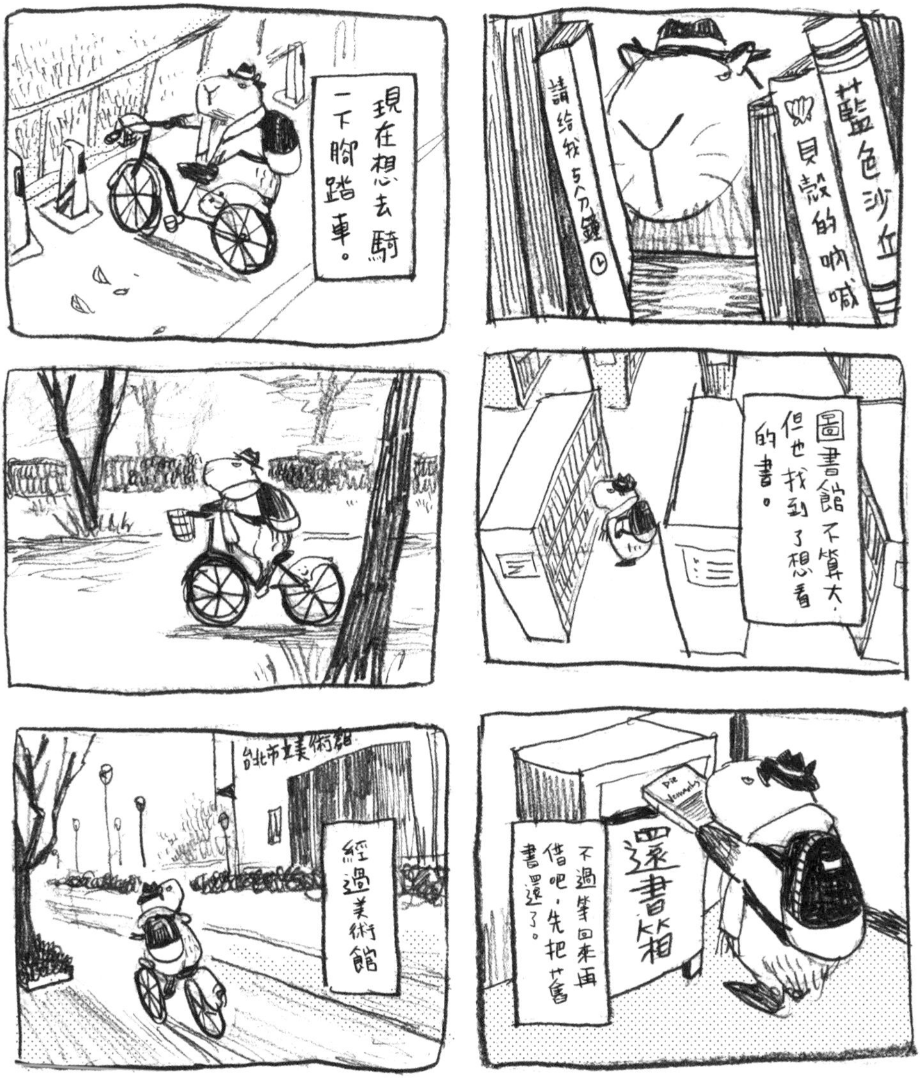
現在想去騎一下腳踏車。
台北市立美術館
經過美術館
請給我5分鐘
藍色沙丘
貝殼的吶喊
圖書館不算大，但也找到了想看的書。
還書箱
不過等回來再借吧，先把舊書還了。

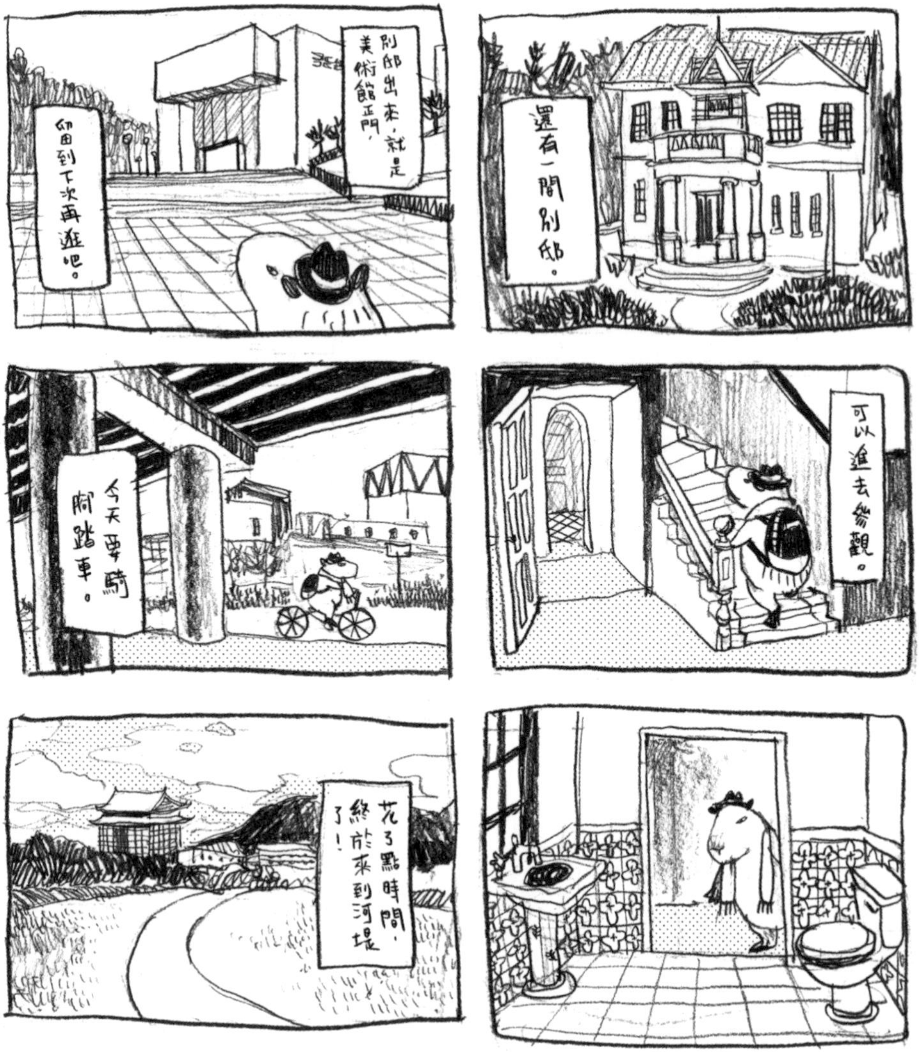
還有一間別邸。
可以進去參觀。
別邸出來，就是美術館正門，
留到下次再逛吧。
今天要騎腳踏車。
花了點時間，終於來到河堤了！

可是逆風。
中途看到一座廢棄的旋轉木馬。
好累
還是回市中心好了。
終於回到市中心了，
???
但又他媽的迷路踩錯方向。
回程試試不一樣的路。

最後順利回到圖書館。
現在也才五點半。
簡單而美味
回房間前
順便解決晚餐。
切仔麵
500

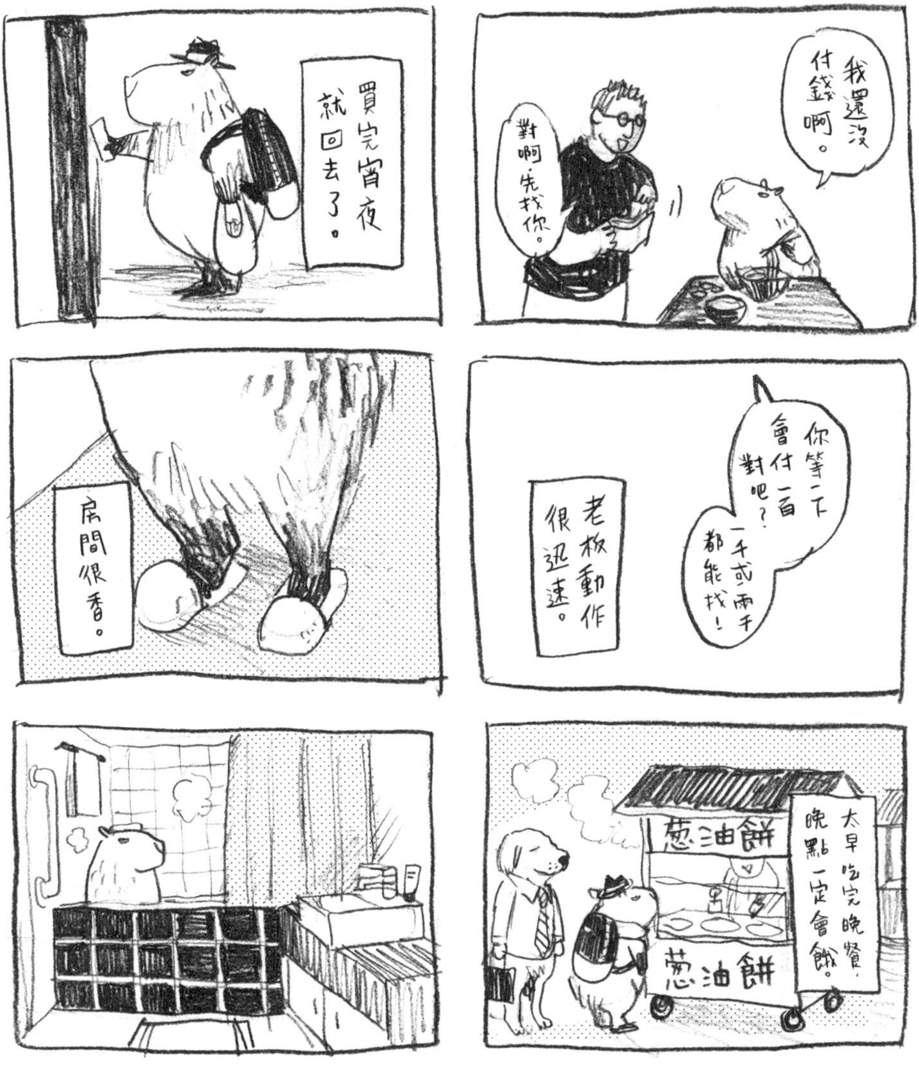
我還沒付錢啊。
對啊，先找你。
買完宵夜就回去了。
你等一下會付一百對吧？
一千或兩千都能找！
老板動作很迅速。
房間很香。
太早吃完晚餐，晚點一定會餓。
蔥油餅
蔥油餅

要工作了。
又餓了。
晚安。
大滿足。
END

GALLERY

Capybara Ramen
2020

The Living Room Cat
2021

Office Dog
2021

Us Ordering Subway at 3 am
2020

Mobu and New Friend
2022

Sitting in 7-11
2022

ABOUT THE ARTIST

INTERVIEW

動物插畫新銳黑山 *Kathy Lam*，她筆下的動物不止可愛，還很「人性化」；抽菸、酗酒，懶惰、心懷陰謀詭計……是什麼樣的經驗與特質促成了現在的畫風？傳神的動物們又是如何誕生的？有請黑山為我們親自解答。

為什麼會取名「黑山的烏鴉」？烏鴉在妳的畫作中常以「路人」的形象出現，為什麼會有這樣的安排？

最初是以顏色來命名，「黑山」是我的中文筆名，而「烏鴉」則代表黑色。我偶然會在畫中使用大量黑色，而且也會畫有點暗黑或惡作劇的內容（雖然這本貓漫畫內容意外地正面 *XD*）。如果叫「黑山的插畫」感覺就會很平淡，不如取個奇怪的名字比較吸引人注意。英文名 *Dawning Crow* 也是以顏色的方向來構思。

至於烏鴉，因為有時候會覺得畫面過於單調，

「塗鴉 *365* 天」挑戰中的第四十一天

所以想要塞一些重量感進去，可能也是懶／想不到畫什麼角色時，就用烏鴉代替吧。

如何走上創作之路？

小時候媽媽買了一盒顏色筆給我，從此就喜歡上畫畫了。還記得以前幼稚園舉辦了一場扮恐龍的活動，媽媽做了一個很漂亮的翼龍頭套和翅膀讓我穿去學校，我超開心，可能也因此讓我喜歡上做手工。高中畢業後我去了大專念平面設計。雖然學到一些技術，但發現自己沒那麼喜歡平面設計，而且它與畫畫還是有差別的。儘管嘗試過短期的設計工作，但每天對著電腦只想睡覺。

準備報考大學的時候，心裡很希望能夠念插畫科系，於是就考慮去外國念書。初中開始就很喜歡日本的動漫畫和遊戲，所以曾經有過去日本念書的想法，但由於需要多花一年的時間學習日文，最後還是選擇了英國。有機會去遠一點的地方，也可以體驗更多不同的事物。

「如果沒去英國，就不會有現在的我了。」

貓咪的斑紋設定表

在英國最震撼，或影響妳最深的事情是什麼？

說到在英國念書時感觸最深的事，就是他們不會計較作品的完成度。他們相對著重實驗和過程，以及創作上的心情等等。還記得有一份作業讓我迷惘到不知道要做什麼，於是焦慮地在畫簿畫了一些黑色的生物。當時我認為那些都是一些不值一看的塗鴉，因為有一些我只花了幾分鐘去畫。可是教授看完卻覺得很棒，還叫我把他們放大印成海報。他給了我很大的信心，沒想到心情不良或只畫幾分鐘的東西也可以成為作品。真的很幸運自己有機會去留學啊，如果沒去英國，就不會有現在的我了。

正式作畫前的顏色測試

香港是妳的出生地，也是一直以來生活的地方；之後到了英國求學，而現在又來到母親的故鄉台灣。香港、英國與台灣這三個地方，對於妳的創作或靈感有什麼樣的影響？

大學以前都是在香港生活，那時候畫的東西偏工整，也會嚮往展示很多繪畫技術，而且會覺得作品要把畫面塞爆才對得起自己。在英國求學的第二年，風格開始慢慢變得隨意一點。除了教授的鼓勵，身邊有些同學都是畫抽象或沒限制地創作，這些都改變了自己一直以來的想法（雖然有時候會看不懂同學的作品）。

回到香港後，即便是現在的我，依然很享受隨興的畫風，但後來有一陣子突然又開始很在意畫作的完成度，例如感覺沒畫完就不想公開等等的困擾再次出現。二〇二〇年

摸布和主人的家草圖

過去一年的工作桌

初挑戰了「塗鴉365天」，無論發生什麼事，每天一定要畫一張，幾分鐘也好，漸漸在創作上又能再放開一點了。

在台灣生活的一年，有很多新的地方能慢慢探索當靈感，例如〈GALLERY〉有一張坐在超商的貓咪，是我有一天因為走到腳痠，所以坐在裡面吃茶葉蛋和喝咖啡廣場，覺得畫面有夠頹廢，畫出來應該很好笑就畫了，我很喜歡那張；香港的超商沒有用餐區，也不會賣茶葉蛋。

來台灣安居的這一年，有什麼樣的文化衝擊？或是可以分享在台灣最喜歡的食物。

至於文化衝擊嗎，因為疫情有兩年沒回台灣，這次買東西結帳比以前手忙腳亂，除了拿錢，手機也會開不同的APP給店員看XD，例如載具、商店或百貨公司的集點。如果後面一堆

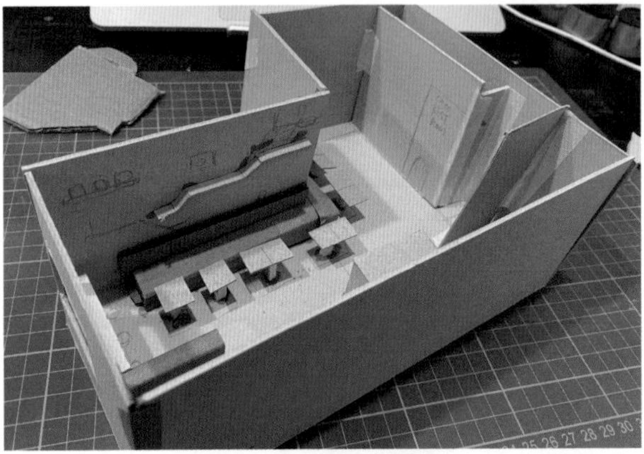

為方便作畫時參考，製作了咖啡廳的模型和草圖

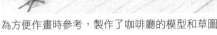

人在排隊真會讓人緊張！

最喜歡的台灣食物是筒仔米糕、鹽酥雞和珍奶。

妳的夢想／目標，在求學或繪畫的路上，是否有什麼改變？妳又是如何看待轉換目標這件事？

成長的過程中有很多想做的職業，但都離不開藝術領域，時裝設計師、漫畫家、動畫師、平面設計師、插畫家，模型師……畫畫的職業及創作題材也細分不同領域，例如插畫師不會什麼都擅長畫，而是專攻個別題材，像是人像、時裝、遊戲角色設計……所以最初選題經常讓我感到很迷惘。

我也曾想做全職漫畫家，試過投稿給出版社，當退回來時才發現自己不適合，而且創作過

咖啡廳的正面和平面草圖

程超吃力，從此就沒在執著這件事，而把它從夢幻職業轉向興趣。現在網路發達，製作獨立書刊也很容易，想畫隨時都可以畫。當然，這次有機會出版書籍，我也稍微塞了一些願望進去嘿嘿嘿。

「用人類表達情緒太直接了，動物比較好玩。」

為什麼喜歡畫動物？喜歡畫的動物種類有什麼演進？

動物的造型比較多變，來表達心情也比較有趣和好玩；反而用人類表達情緒可能會太直接。近年多畫了很多貓咪，因為家裡在養所以多了靈感。貓咪個性接近人類，擬人化起來逗趣一點。

創作時習慣使用什麼媒材？可否分享創作的流程？

一般都是用鉛筆和不透明水彩。如果是這本書流程的話，先是想故事，把小格子和對白畫在Ａ４紙上，

分鏡稿

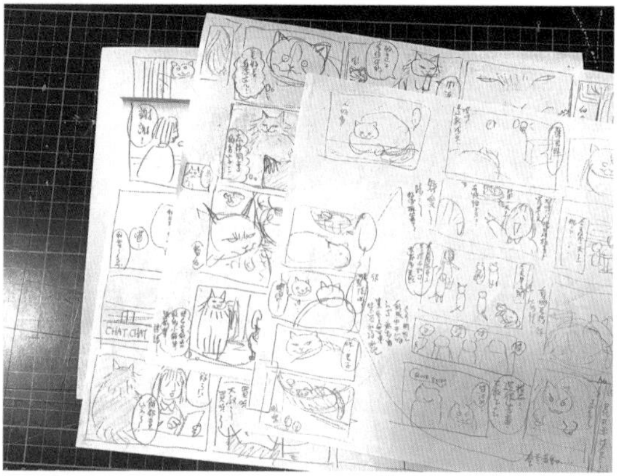
小格子與對白

當故事覺得滿意就打分鏡；分鏡流暢後，就稍微認真地畫「線稿」。依據作畫困難度，有時會用CLIP STUDIO來畫「線稿」再印出來。「線稿」完成，疊在透寫台再用鉛筆描一次，描的時候斟酌線條的輕重。

描完就上色啦，上色會先上肯定的部分，例如牆的顏色／皮膚等等……有時在想上什麼色也是坐在桌前發呆……而且我經常忘記摸布和傑克的毛怎樣塗，所以有一張斑紋設定表。畫完之後會掃描上電腦整理和完稿。

在繪畫的路上是否有遇到創作的瓶頸？當時是怎樣克服的？

有啊，試過稿件交出去被說畫得太工整，通常工作或有目標性的稿不小心會畫得太緊繃，導致要重新再畫。要刻意保持頹廢，又點到即止的線真的很困難。現在也有這個問題，大概就多畫幾次和資料搜集做多一點。

利用透寫台描線

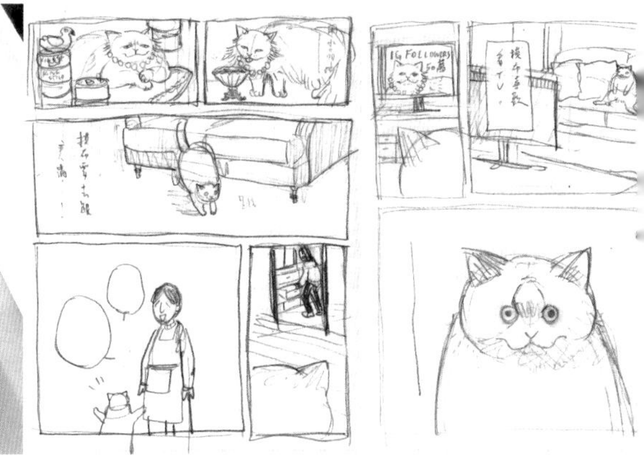

線稿

這本書的主角是摸布，卻是在妳跟摸布分隔兩地的情況下創作的，創作時有什麼感受？

我超級想念摸布！（慘叫）手機裡有超多摸布照片，所以分隔期間作畫不成問題。但偶爾會有幻覺，以為他在我桌子旁經過。

未來有什麼新的企畫可以跟大家分享？或是有什麼想創作的題材？

暫時希望網店可以持續出令人愉快的新品，每年也可以開賣原畫。還有希望多畫一些水豚系列。

咖啡廳的室內草圖

ACKNOWLEDGEMENT

×

致謝

二〇二〇年秋天的時候收到城邦文化來信邀請出書，真的非常開心，因為這個心願好像在心裡一直沉睡，卻突然又被喚醒的感覺！但接受邀請後不安的感覺隨即湧現，因為腦中想不到什麼長篇故事，而且從來沒畫過彩色漫畫。幸好最後也順利完成，故事甚至比預期中構想的還要多。這是我第一本正式出版的個人創作集，謝謝父母一直支持我畫畫和包容我，還有謝謝最好的搭檔妹妹，給了我很多寶貴的建議！還有愛貓摸布，假如沒緣分遇見他，我也無法畫出這樣的貓咪了吧。謝謝城邦文化和編輯何寧在茫茫人海中找到我，給予我自由創作和信任！最後，感謝一直喜歡著我的畫的大家，還有在閱讀這本書的你！希望這是一本讓大家感到有趣的書！

DAWNING CROW

被毛毛動物圍繞不是夢！
從水豚到貓咪應有盡有，
現在就進入網站看看有什麼！

ZINE JUST MOVE SLEEP AND MOVE MOVE AND ZZZ
HK$285.00

Drunk Cat Tote Bag
HK$230.00

Great Mobu Metal Pin
HK$75.00

The Living Room Cat
from HK$270.00

Lazy Sunday
from HK$270.00

Jean Cat
from HK$270.00

Mobu and Crow Tea Time
from HK$270.00

Capybaras in the cafe
HK$270.00

＊以上為二〇二二年五月刊載的商品，未來可能調整。

摸布想自己賺罐罐：黑山的烏鴉原創故事集
Mobu's Diary

作者／黑山 Kathy Lam
企劃選書人／何寧　責任編輯／何寧

版權行政暨數位業務專員／陳玉鈴
資深版權專員／許儀盈　行銷企劃／陳姿億
行銷業務經理／李振東　總編輯／王雪莉
發行人／何飛鵬
法律顧問／元禾法律事務所　王子文律師
出版／春光出版
城邦文化事業股份有限公司
台北市 104 民生東路二段 141 號 8 樓
電話：(02)25007008　傳真：(02)25027676
發行／英屬蓋曼群島商家庭傳媒股份有限公司城邦分公司
台北市民生東路二段 141 號 11 樓
書虫客服服務專線：02-25007718・02-25007719
24 小時傳真服務：02-25001990・02-25001991
服務時間：週一至週五 09:30-12:00・13:30-17:00
郵撥帳號：19863813　戶名：書虫股份有限公司
讀者服務信箱 E-mail：service@readingclub.com.tw
歡迎光臨城邦讀書花園　網址：www.cite.com.tw
香港發行所／城邦（香港）出版集團有限公司
香港灣仔軒尼詩道 235 號 3 樓
電話：(852) 25086231　傳真：(852) 25789337
email：hkcite@biznetvigator.com
馬新發行所／城邦（馬新）出版集團【Cite(M)Sdn. Bhd.】
41, Jalan Radin Anum, Bandar Baru Sri Petaling,
57000 Kuala Lumpur, Malaysia.
電話：(603) 90578822　傳真：(603) 90576622

封面設計／高偉哲　排版／菩薩蠻電腦科技有限公司
印刷／高典印刷有限公司

■2022 年（民 111）5 月 31 日初版一刷　Printed in Taiwan.
■2023 年（民 112）11 月 21 日初版6.6刷
售價／380 元

ISBN　978-986-5543-91-4

國家圖書館出版品預行編目資料
摸布想自己賺罐罐 : 黑山的烏鴉原創故事集 = Mobu's diary / 黑山 Kathy Lam 著 . -- 初版 . -- 臺北市 : 春光出版 , 城邦文化事業股份有限公司出版 : 英屬蓋曼群島商家庭傳媒股份有限公司城邦分公司發行 , 民 111.05
面；　公分
ISBN 978-986-5543-91-4（平裝）
855　111005508

春光出版X黑山Kathy Lam
寵物似顏繪抽獎活動

2022/6/30前
上傳你家毛小孩
的照片

▶

黑山抽出幸運兒
畫成黑山STYLE

▶

獲得珍貴電子檔
&
在黑山IG限時動態
看見自己的寶貝！

即日起至 2022/6/30（四）為止，只要掃描右邊 QR code，填寫此電子回函問卷，並上傳寵物照片，即有機會獲得黑山繪製似顏繪電子檔乙張，預計於 2022/7/12（二）前選出 3 位得獎者！詳情請掃右邊 QR code～

【注意事項】
1. 春光出版、黑山 KATHY LAM 保留相關活動內容變動的權利。
2. 活動提供之照片同意授權作為春光出版行銷使用，主辦單位有權將照片運用於《摸布想自己賺罐罐》活動之相關貼文，或刊載於「春光出版」、「Dawning Crow」粉絲團、IG 上。